毒恋

～毒もすぎれば恋となる～　上

牧野圭祐

角川文庫
24238

目次

1章　氷の法王と謎の青年　005
2章　秘密の契約　073
3章　インフルエンサー訴訟　122
4章　感情の迷宮　209
5章　絶　縁　238
6章　やさしい毒　285

1章　氷の法王と謎の青年

【志波】

法は、その冷徹な刃《やいば》が時に守護者となり、時には敵を追い詰める執行人となる。隙あらば、刃を相手の心臓に突き立てる。隙がなければ、油断させて創り出す。

これが、二七歳の若さで大手法律事務所の共同経営者《パートナー》を務める弁護士・志波《しば》令真《りょうま》の戦闘姿勢だ。

戦闘と言っても、本日は愛人問題だが――と志波は心のなかでつぶやいた。

「さて、太田《おおた》さん。あらためて確認します」

冷たく凛《りん》とした声が、ふたりきりの会議室に響く。

テーブルを挟んで対峙《たいじ》する相手は、太田梨香《りか》、三四歳。

戦いは相手と目が合った瞬間から始まっている。志波は隙のない弁護士像を体現するため、外見まで計算している。

漆黒の髪をこざっぱり整え、誠実さと清潔感を演出する。メタルフレームのメガネは心まで見透かすような鋭い視線を際立たせる。精巧な腕時計と、身体のラインにフィットした濃紺のオーダーメイドスーツは、知性と厳しさを強調する。

ならば、太田梨香はどうか。

毛先まで手入れの行き届いたブラウンベージュの髪は柔らかくウェーブがかかり、ダイヤモンドのネックレスが胸もとできらめく。きつめの顔立ちをさらにクールに見せる化粧と、志波を見据える大きな黒い瞳《ひとみ》は、意志の強さを物語っている。

この自信ありげな女性の心を、これから少しずつ砕いてゆく。彼女の一挙手一投足には意味があり、それを逃さない。

今回は相手がたまたま女性というだけだ。法の下では男女平等であり、志波は平等に、ひとりの人間として攻める。相手の性別が何であれ、容赦はしない。

では、始めよう。

志波は梨香に向けて、落ち着いた声で質問する。

「あなたは、富成剛一《とみなりごういち》氏との関係を終える手切れ金として、一〇〇〇万円の支払いを求めていますね」

富成は、志波が顧問を務める国内有数のテクノロジー企業のCEOだ。いま、志波は彼の代理人として、愛人との縁切り交渉に臨んでいる。

本音では、このようなくだらない案件の対応に辟易《へきえき》していた。普段の志波は『企業法務ルーム』の中心メンバーとして、数百億円もの大金が動く企業の合併や買収、トラブル解決や訴訟などを扱っているのだ。

だが、今回は特別に引き受けた。なぜなら富成の会社は、顧問料だけで多大な利益をもたらしてくれるからだ。大口顧客から信頼を得ることの積み重ねが、成功への道を開く。

志波にとって大切なのは、クライアントに最大限の価値を提供し、見返りを金銭で受け取ること。一般的な正義や道徳は二次的なものにすぎない。

この点においては、目の前の女性もかなり道徳が欠如している。攻撃的なマツエクを装着した瞳は、CEOの財布を狙う蛇のごとくギラついている。

梨香は胸もとに手を当て、志波を見つめる。

「要求している一〇〇〇万円は、ただの手切れ金ではありません。彼が言った『奥さんと別れる』という約束を破った代償です」

仕草と表情で、悲しみの渦、怒りの炎、そして未練までも訴えている。とても優れた演技だ。アカデミー賞に値するだろう。

「なるほど、よくわかりました」志波は頷《うなず》いた。

「払っていただかなければ、私との関係を週刊誌に明かすことも考えています」

社会的地位の高い者が記事にされれば、ダメージは大きい。しかし、志波は受け流し、次の一手を繰り出す。

「ところで太田さん。こちらをご覧ください」

おもむろにファイルから資料を取り出し、彼女の前に広げる。彼女が富成に送信したメッセージをプリントアウトしたもので、脅迫めいた文章が並んでいる。

これを弾丸として、志波は一気に撃ち込む。

「あなたは富成氏に多額の金銭を要求したうえで、『支払いを拒めば週刊誌に売る』と脅していいます。こんなものは交渉とは言いません。愛人としての地位を悪用した『恐喝行為』です。犯罪であり、最悪の場合、一〇年の懲役刑となる」

「っ……」

梨香はわずかに目を見開くも、冷厳に反論する。

「違います。脅すつもりはありません。嘘を吐いた彼が悪いんです。誠意を見せてほしいんです。ここにも来ないで弁護士任せなんて、ひどいじゃないですか」

「では、彼の約束を証明する証拠はありますか？」

「証拠は……絶対そう言ったんです。絶対に」

痛いところを突かれたのだろう。梨香は言葉を濁した。

「つまり口約束ですね。残念ながら証拠がなければ裁判では無力です」

じつは、証拠がないのは、志波が富成に予防策を指示していたからだった。『愛人を持ってもかまわないが、離婚を匂わせる内容を文字で残さないこと。録音をされないこと』が大切だと。もちろん富成にも非は有るが、クライアントの利益は守る。

しばらく黙考していた梨香は、ふたたび淀《よど》んだ光を瞳に宿した。

「でも、納得がいきません。彼との交際に時間を費やしたせいで、婚期を逃したんです。責任を取ってもらう意味でも、五〇〇万は払っていただきます」

志波はメガネのブリッジを指で押し上げる。

「婚期を逃した？」

「ええ。彼を信じて、他の男性からの申し出を断ったんです」

「おかしいな……。あなたは富成氏以外にも、結婚の話をしていた人がいますよね」

「え？」

「この数年間に五〇人ほどと付き合いがあって、そのうちの何人かと約束をしていたはず」

梨香は眉《まゆ》をひそめた。

「そんなこと、どこの誰が……」

「こういう仕事をしていますと、下世話な大衆紙の記者とも知り合うんですよ。たとえば、そのダイヤのネックレス、パーティーで知り合ったＩＴ企業の専務にもらったものでは？」

梨香はハッとして、胸もとのネックレスに手をやった。

「あなたは『プロの愛人』として生計を立てていて、結婚や離婚を匂わせてきた相手に対しては、愛人手当以上の金銭を要求しているそうですね」

志波はテーブルの上にある資料を、軽くトントンと叩《たた》く。

「このように」

「っ！」

梨香の顔に、不安と動揺が浮かんだ。その隙を見逃さず、志波は仕上げにかかる。

「そういえば、こちらからの要求をまだ伝えていませんでした」

志波はもう一枚、書類を差し出す。そこにはこう書いてある。

『一、富成氏に今後接触しないこと』『二、連絡先を削除すること』『三、他言しないこと』『四、自分とのつながりを示すもの――つまりプレゼントなどを返還、廃棄すること』

「これらの条件を呑《の》んでいただいたうえで、手切れ金は三〇万円。金額に交渉の余地はありません」

「三〇万!?　いくらなんでも……」

「五〇人から、どのくらいの金銭をせしめたんですか？　ちなみに、もしあなたが週刊誌に売れば、こちらもあなたの情報を売ります。こんな見出しはいかがですか？

『五〇人を騙《だま》した結婚詐欺師・太田梨香』」

「……」

「納得がいかないのであれば、私たちはあなたに対して、法的な措置を講じることになります。集団訴訟もあるかもしれません」

志波は重い声で忠告した。梨香は顔を伏せ、屈辱に唇を噛《か》む。その眼前に、志波は三〇万円の小切手を滑らせる。

「富成氏からあなたへ。最後の贈り物です」

梨香が息を呑む音が、志波の耳に届いた。

「これで終わりにしましょう。本来ならば、あなたは責められる側に回っていたわけです。小切手は富成氏のやさしさですよ」

顔を上げた梨香は、声を震わせる。

「やさしさって……！」

「不要であれば、いまここで破り捨ててください。その先どうなるかは、ご想像にお任せします」

最悪の事態を想起させ、わずかな救いを提示する。

志波はさりげなく腕時計に視線を落とし、時間が迫っているように見せかける。そして頃合いを見計らい、梨香に目を向ける。

梨香は憔悴《しょうすい》した様子で頷いた。それが降伏の印だった。

締めくくりとして、本件についての清算条項を含む合意書にサインをもらう。また、今後富成に対して法的請求をしない旨を書かせた領収書を、彼女から受け取る。

交渉終了。

志波は、日常業務を終えるかのように、パタンとファイルを閉じた。

＊　＊　＊

日本有数の規模を誇る法律事務所──『オラクルム法律事務所』は、国内に四拠点、海外に七拠点を構え、所属する弁護士は五〇〇人を超える。

その東京オフィスは、西新宿《にししんじゅく》にそびえる高層ビルの二〇階から最上階の二七階にかけて広がり、専門分野ごとにルームがわかれている。志波が所属する『企業法務ルーム』は二三階にあり、日本を代表する大手企業との顧問契約で法曹界に名を轟《とどろ》かせている。

事務所はこの日、並々ならぬ熱気に包まれていた。

大型モニターで流れるニュースに、皆が注目している。圧倒的に不利と見られていた巨額の契約不履行訴訟で、志波が率いる弁護団が衝撃的な勝利を収めたのだ。志波の手腕により、クライアントの何千万もの投資が水の泡になる危機を回避した。

歓喜に満ちたオフィスの中心に立つ志波は、浮かれることなく、さも当たり前のような顔をしている。

なぜなら、結果を出して当然だからだ。

そこへ、勤務弁護士《アソシエイト》の青年が、生き生きとした笑顔で近づいてくる。

「志波さん、本当にお見事でした！　多くを学ばせていただきました！」

しかし志波は冷淡に返す。

「学んだ？」

「はい、契約にかかわる関連法規や先例の研究はとくに参考になりました、そして、それらを活用した相手方への反証は、目から鱗《うろこ》が落ちる思いで――」

青年は興奮して話すが、志波はすぐに遮る。

「わかった。いますぐここを去れ」

「え？」青年の顔から血の気が引いた。

かまわず志波はつづける。

「ここでは、結果を残せば、初年度から年収が一〇〇〇万円を超える。実際、私がそうだった。だが君は『多くを学んだ』と言った」

「は、はい……」

「なぜ我々は、未熟者に金を払わねばならないのか？」

志波は結果を出せない者に対しては厳しい。とくにそれが直属の部下ならなおさらだ。

「私が必要とするのは、私の時間を節約し、勝利を加速させられる助手だ。だが、君は期待に応《こた》えていない。証言や証拠の収集など、誰でも得られる情報をまとめただけだった。反論があれば聞こう」

「ございません……」

「では、学びを土産として、荷物をまとめて去るがいい」

青年は死神から逃げるかのように出ていった。

周囲の同僚がひそひそと噂する。「――さすが『氷の法王』」「まあ、東大首席だからな」「司法試験でも最高得点だったんでしょ……？」

志波が一瞥《いちべつ》すると、同僚はそそくさと業務に戻る。

くだらない。東大や司法試験など過去の話だ。

志波は前だけを見ている。当面の目標は、事務所の最高位に君臨し、『志波令真』というブランドを確立すること。その名を見ただけで、悪党は寄りつかない。その姿があるだけで、株主総会は平穏無事に終わる。

そんな守護神になるべく、日々邁進《まいしん》している。

頂点への道のりには、愛人問題のような小石が散乱しているのだが、そういったものの処理は、本来ならば部下が担うべきだと志波は考える。また、志波は数々の大きな案件を抱えており、原告や被告、関係者たちの人物調査も欠かせず、それらのサポートも必要としている。

しかし、志波の基準を満たす人物は現れず、三つ星レストランのシェフが自ら食材を仕入れ、下準備をするような事態になっていた。

この状況は早急に改善せねばならない。そこで志波は、所長に対して今後の展望を確認するため、動くことにした。

そうして部屋を出ようとしたとき――

「またやったのか、志波君」

同期の弁護士、風間公太郎《かざまこうたろう》が何ともいえない顔で声をかけてきた。

ずんぐりして肩幅の広い体つきに天然パーマが印象的な彼は、出世競争には無関心で、信念と正義を貫く人権派タイプ。志波からしたら別世界の住人だが、風間は二歳年上で面倒見がよいこともあり、フランクに話しかけてくる。

「今回で九九人目の犠牲者だよね？」

「そうだが。わざわざ数えているのか？」

志波は無表情で返す。何人だろうと、ただの数字である。すると風間は、どこか哀しげにため息を吐く。

「もう少し人を大切にしたほうがいいよ。みんなから噂されてるの知ってるよね」

「甘やかすことは、彼にとっても事務所にとっても、デメリットしかない。私なりに、彼の将来を考えてやっての処置だ」

風間は半ば冗談めかして言う。

「こんなご時世だし、いつか訴えられるよ」

志波は軽く撥《は》ねつける。

「成果を出せばいい。それだけのことだ」

苦笑いを浮かべる風間にさらりと別れを告げ、最上階にある所長室に向かう。

自分のやり方が同僚に好まれていないと自覚しているが、それでかまわない。会議中に弁護方針を巡って言い争いになれば、ことごとく論破する。価値観の合わない人間は、志波の人生には不要だった。

東京の街を一望する所長室に入ると、埃《ほこり》ひとつ落ちていないデスクの向こうで、岩《いわ》峰晃《みねあきら》所長が志波を待っていた。還暦を迎えた彼は、真っ白な髪をきっちりと七三に分け、鷲鼻《わしばな》を中心に左右対称の顔をしている。額に刻まれた皺《しわ》の一本一本までが規律を守っているようだ。

「今回も素晴らしい仕事だった」

「ご満足いただけたのなら何よりです」

志波は表情を崩さずに応じると、人材補充の件に話題を切り替える。

「ところでアソシエイトの件ですが、今回の彼も力不足でした」

岩峰は眉間《みけん》に皺を寄せた。

「いいかげんにしろと何度も伝えているはずだ」

「承知しています。確かに、一般的な事務所であれば、彼でもじっくり育てれば通用するでしょう。しかしここはオラクルム法律事務所です」

「それはわかっている。だが、次で一〇〇人目だ」

「有能な人間を確保できれば、これまで以上の成果を約束します」

岩峰は首を横に振る。

「こちらとしては、これ以上、お前に生贄《いけにえ》を差し出すわけにはいかない。納得できるやつを、自分で見つけてこい」

「自分で？」

「そうだ。せっかくの人材をお前の一存で潰《つぶ》されたらかなわん。ただでさえ、優秀な奴らがまとめて抜けて大変なんだ」

岩峰が言うように、昨年、幹部であるマネージングパートナーが部下を引き連れて独立した影響で、事務所の収入は減少していた。この件で岩峰は悩んでいるわけだが、志波にとっては絶好のチャンスだった。最短距離で出世するには、いまこそが攻めどきなのだ。

志波は固く誓う。

「わかりました。自分で見つけます」

岩峰は頷《うなず》きつつも、厳しい目をする。

「それはそれとして。お前のやり方は周囲に圧力をかけすぎている」

風間と同じ指摘だ。しかし志波は揺るぎない自信を持っている。

「もちろん理解はしています。周りからさんざん言われていますから。しかし、所長、私はいまのやり方を変える気はありません。勝ちつづけ、結果を出すことだけが、当所を世界一に押し上げる唯一の方法です。違いますか？」

「好きにしてくれ」

岩峰はサジを投げたように、くるりと背を向けた。

所長室を後にした志波は執務室に入り、重厚な革張りの椅子に身を沈める。

強気で断言したものの、いまのところアテはない。

苦いコーヒーを味わいながら、壁に掲げられた額縁に目をやる。志波が手がけた大規模なM&A案件や重要な勝訴の記事、アジアで優れた若手弁護士に与えられる表彰状など、輝かしい業績が並んでいる。

これらの実績を、もっと積み上げねばならない。

過去に雇った九九人は、法律の知識はあるものの、志波が求めるレベルには遠く及ばなかった。唯一有能だった人物も、承認欲求を満たすためにやっていた事件解説のライブ配信で、誤って無修正の卑猥《ひわい》な画像を映すという失態を犯し、大炎上した。

志波は彼を叱りつけ、事務所としても契約を切るしかなかった。いくら有能でも、品行方正を重んじる当所では、そのような過ちは許されない。

志波はコーヒーをひとくち飲み、うんざりと息を吐く。

すでにいなくなった者を振り返るのは時間の無駄。

考えるべきは未来だ。

必要な人材は、ただの勤務弁護士ではない。日常業務の手伝いを超え、煩わしい案件の調査にも対応し、さらに想像を超えた成果をもたらしてくれる、劇的に優秀な小間使いを求めている。

実際のところ、弁護士は法律の専門家であっても、調査の専門家ではない。たとえば海外では、裁判のための資料収集や刑事的な調査をする専門職が存在する。日本にも探偵や調査員はいるが、それでは物足りない。

あらゆる条件を満たす人物の発掘は、砂漠で一粒の宝石を見つけるほどの無謀さに感じられた。

待っていても現れず、自ら探しに行く時間もない。

もしオーディションのような方法があれば楽なのだが――と志波は考えたが、馬鹿げた考えを振り払い、まずは山積みになった仕事に取り組むことにした。

【ハルト】

残暑が厳しい朝、千代田区《ちよだ》にあるオフィスビルの一室は、ただならぬ緊迫感に満ちていた。

ここに集まったのは、不動産の売買契約にかかわる者たち。対象の土地は、再開発の進む都内の一等地。売り手は若き相続人、買い手は黒い噂がある非上場の企業グループだ。

本日が契約締結日となり、ひとりの青年と、売買担当者を含む三人がテーブルを挟んで向き合っている。お茶菓子に誰も手をつけないぴりぴりした雰囲気のなか、立会人である不動産仲介業者の男性が抑揚のない声で言う。

「では川添《かわぞえ》さん、まずは身分証の確認をさせてください」

「は、はい」

川添と呼ばれた青年は緊張気味に頷くと、財布から運転免許証を取り出し、そっとテーブルに置く。立会人はそれを端から端まで念入りに見て、問題がないことを確認すると、青年に返した。

テーブルの端では、黒いスーツに身を包んだ弁護士が、契約内容を慎重に確認している。彼は時折、厳しい眼差《まなざ》しで青年を見つめる。

青年は、目の前の状況に圧倒されているようだった。一八〇センチメートルほどの高身長ながら、捕らえられた小動物のようにびくびくしている。スリムな体軀《たいく》を包む安っぽいスーツに、皺のついたネクタイ。無造作で重たい茶髪の下、黒縁のメガネの奥で揺れる瞳《ひとみ》は、社会にまだ慣れていない純粋さを感じさせる。

企業側から提示された土地の売買価格は、三億円。二〇代の若者にとっては、普通は目にすることのない金額だ。

弁護士は青年に向かって、冷徹に契約の説明をする。

「提示額は市場価値よりも低いです。しかし、相続税の支払期限を考えると、選択肢は限られています」

「はい、わかっています。祖母と過ごしたこの土地を手放すのは、本当につらいのですが、お金が足りなくて……」

青年は思い出を訥々《とつとつ》と語る。両親を早くに亡くし、愛情深い祖母に育てられた自分にとって、その土地はかけがえのないものだった。しかし祖母も亡くなり、いまは孤独と経済的な重圧に直面している——と。

「……すみません。どうか、有効に活用してください」

彼の言葉から、切ない未練がにじみ出る。弁護士は柔らかく頷き、青年を尊重する態度を見せる。

一方で、売買担当者は、青年の思い出などどうでもいいと言わんばかりにすみやかに進め、売買契約書をずいっと青年に差し出す。

「この書類で最後になります」

青年は乾いた唇を一度舐《な》めてから、契約書にゆっくりと署名し、丁寧に押印した。

企業側はすぐに三億円を振り込み、入金完了の画面を青年に見せた。彼は確認し、現実を受け入れるように頷いた。

部屋の空気がふわっとゆるんだ。

売買契約は無事に成立し、企業側の三名は、これで一大プロジェクトの地盤が固まったと、卑しい勝利の笑みを浮かべた。彼らの頭には、取引を自社の利益に繋《つな》げるという計算しかない。

目を伏せている青年の頬に、一筋の安堵《あんど》が浮かんだ。

「ありがとうございました」

青年はつぶやくと、荷物を手早くまとめて、周囲にぺこりと会釈する。そして、部屋を出ようとした、そのとき。

「あっ」

テーブルを見た青年に、皆が注目する。

「まだ何か？」

売買担当者が訝《いぶか》しむと、青年は苦笑して、お茶菓子のクッキーを指す。

「これ、もらっていいですか？」

「ええ、全部どうぞ」

売買担当者はにっこり笑った。


青年がオフィスビルを出ると、都会の喧騒《けんそう》が一気に彼を包み込む。高層ビルのあいだを通り抜ける風のごとく、彼はするすると歩き、近くの駅から電車に乗り込む。新《しん》木場《きば》駅で降りて、人気《ひとけ》のない海沿いのベンチにドカッと腰かける。

周囲をサッと見回すと、メガネとネクタイを外し、上着を脱ぐ。

「はー、疲れた。スーツってマジ嫌い」

束縛から解放され、大きく伸びをして、スマホを手に取る。秘匿性の高いシークレットチャットを操作して、グループのメンバーにメッセージを送信する。
《完了！》
すぐに返信がある。
《三億の振り込みは確認した。ご苦労。名演だったな、偽添くん》
青年は川添本人ではない。相続人になりすまし、不動産売買の詐欺に手を貸していた。彼の役割は身分証の偽造と、交渉の場での演技だった。
売買担当者はいずれ詐欺に引っかかったと気づき、卒倒するだろう。しかし騙《だま》されたと理解したところで、今回の取引に使われた三億円は『汚れた金』であり、警察に被害は届けられない。
《報酬は本当に五〇万でいいんだな？》
軽く笑みを浮かべて返す。
《ＯＫ》
《欲のないやつだ》
青年は「それでいいのだ」と自嘲《じちょう》する。目的は大金ではない。悪徳企業を出し抜き、わりのいいバイトとして、当面の生活費と、仲間の支援に必要なくらいの小遣いを得ることだ。身の丈に合わない大金は身を滅ぼすと知っている。

すべてのやり取りを終え、最後のメッセージが青年に届く。
《お前のなりすまし能力はすごいな。正式にチームに入らないか？　案件はたくさんある》
《また気分次第でね。じゃあ『川添』はここまで。ばいばい》
青年はもう使わないアカウントを削除し、用済みになった飛ばし携帯と伊達《だて》メガネを、海に向かって放り投げた。

＊　＊　＊

夜の歌舞伎町《かぶきちょう》は、きらびやかさの裏に、薄暗い現実が潜んでいる。路地にはゴミが散乱し、時折ネズミが横切る。やってきた青年は、街角で客引きをする男に向けて、あいさつがわりに軽く手を振る。

青年には、川添の面影はまったくない。猥雑《わいざつ》な光に照らされて輝く茶色の髪は、風になびく羽根のように軽やかに揺れ動く。黒い無地のTシャツにアンクルパンツというシンプルでラフなファッションは、大柄でありながらスリムな体形を引き立て、モデルのごとく周囲の目を惹《ひ》く。両手には、大量のハンバーガーや飲み物が詰まった袋をさげている。

青年が広場の裏に差しかかると、たむろしている少年少女たちが、明るい声を上げた。

「ハル兄！」「ハルトさん！」

ハルト——この街における彼の名前だ。

「ただいま〜。ほら、今日の戦利品だ」

ハルトはひとりひとりの顔を確認しながら、ハンバーガーを丁寧に手渡す。

「ハル兄、いつもありがと！」

「全然、たっくさん食べてね。あと、三億円のクッキーもあるよ」

「マジ？　ダイヤ入りとか？」

「そんなとこ」

若者たちは、それぞれ思い思いの場所に腰かけ、食事をする。

彼らの人生はさまざまで、ただ遊びに来ている者もいれば、家庭の暴力やいじめから逃れてきた者もいた。仲は良くても友だちではなく、同じ境遇をわかちあい、共感できる者たち。彼らが自虐的に「キショ溜《だ》め」と呼ぶこの地で、いまを生きている。

ハルトが悪党から引き出した『汚れた金』は、彼らのために使っていた。自分を生かし、育ててくれたこの街に恩返しする——それがハルトの詐欺師としての矜持《きょうじ》だ。

そして、彼らにとってハルトは、時には保護者となり、時には師として導く、兄貴分以上の存在だった。

　ハルトがハンバーガーを食べていると、赤い髪の少女・アカネが、中性的で小柄な少年を連れてきた。

「彼がハル兄にあいさつしたいって。ユウくん。あたしの二個下。一六歳だって」

　彼女はそう言って、少し緊張している雰囲気のユウを、ハルトのほうへとそっと押し出した。

　ユウはヨレヨレのTシャツを着て、ひょろりとしている。触れれば壊れてしまうガラス細工のような印象で、幼い顔には不釣り合いなアザがあり、瞳《ひとみ》は愁いを帯びている。ハルトは瞬時に、虐待されていたのではないかと察して、やさしい眼差《まなざ》しを送る。

「どーも、初めまして。メシは食った？」

「はい……ありがとうございます。本当にタダでいいんですか」

「もちろん」ハルトはぽんぽんとユウの肩を叩《たた》く。「家に戻りたくないなら、戻らなくていいんだよ。金がなければ、生きるすべを教えるから」

　ここに集まる少年少女は、身分証を持たず、働くこともままならない者も多い。闇バイトや詐欺の受け子に堕《お》ちる者もいるし、悪い意味で消えてしまう者もいる。

　できるかぎり、そうはさせない。ハルトは真っ直ぐにユウを見つめると、小指を絡めて指切りげんまんをする。

「案件でも何でも好きにすればいいけど、死ぬのだけはダメだよ〜、俺との約束ねっ」

「約束する」

「オッケー。じゃ、連絡先を交換しよっか。困ったときは、いつでも相談して。そのへんの占い師よりは信用してくれていいよ。相談料は、キミの笑顔で後払い、なんてね」

アカネが苦笑する。

「ハル兄きしょい」

「は？　もう助けてやんないぞ」

「あー、ごめんごめん。じゃあ一〇〇〇円ちょーだい」

「じゃあ、ってなんだよ」

馬鹿なやり取りをしていると、ユウの表情はわずかにゆるみ、ハルトは少しだけ安心した。

ユウがみんなと雑談を始めたのを見届けると、ハルトはハンバーガーをふたたび食べる。そのとき、近くにいた少年が声をかけてきた。

「ハル兄、今夜はシゴトって言ってなかった？」

「ん？」

川添の役目は終わったはずだが、不安がよぎる。ハルトはスマホを取り出し、スケジュールを確認する。

「やばい！　明日だと思ってた！」

重要な案件を忘れていた。ハルトは慌てて立ち上がる。

「みんな、またね！」

食べかけのハンバーガーを口に突っ込むと、新宿駅へと急ぎ足で向かった。


【志波】


六本木《ろっぽんぎ》の地下深く、人目につかない会員制の高級ラウンジ。趣のあるレンガ調の壁に囲まれたその一角、深紅のソファに志波は座っている。隣には、肥満気味の身体を持て余す富成がいた。愛人との縁切りを成功させたお礼と言って、「おもしろいところで祝杯を挙げよう」と詳細を知らされないままタクシーに乗せられ、無理やり連れて来られたのだ。

富成はウイスキーを呷《あお》りながら、志波の太腿《ふともも》をパンパンと叩く。

「さすが、『勝率九九パーセントの仕事人』だ。敵に回したくないな」

志波は愛想笑いをする。『仕事人』というのは、クライアントにとってはそうだろう。必敗と考えられる案件でも、たとえば刑事事件においては検察の求刑の七割には確実に収める。民事では、賠償金や和解金の額で期待に応《こた》えてきた。

しかし『勝率九九パーセント』は、志波にとっては賞賛ではない。足りない一パーセントは、人生で唯一の汚点であり、許せない失敗として心に刻まれている。無論、志波が現在かかわっているクライアントには、まったく関係のないことだが。

富成は志波のグラスに琥珀《こはく》色の液体をドボドボと注ぎ入れる。

「ほら志波先生、今夜は仕事の話は忘れて、『催し』を楽しもうじゃないか」

そう言って、富成はラウンジ中央にある円形のステージに、俗っぽい視線を投げた。

スモークに包まれたステージでは、哀愁を帯びた音楽に合わせて、上半身は裸、下半身は下着だけの美しい男たちが入れ替わりで登場する。彼らはダンスやマジックなどのパフォーマンスを披露しながら、身体を魅惑的にくねらせ、媚《こび》を売るようにアピールする。

ステージの周囲には熟れた熱気が漂っている。豪華な装飾を身につけた中年の女性、若くして成功したらしきビジネスマン、恰幅《かっぷく》のいい老紳士たち十数名がカタログを手に、俎上《そじょう》の美青年を飢えた顔つきで見つめている。

ラウンジの奥に立つ黒服の司会者が、マイクを片手にアナウンスをする。

「コレクションナンバー三、キョウヤ、二〇歳。一七四センチ、六〇キロ。股下《またした》七八センチ」

客の目に真剣さが宿る。

「一〇〇万円から開始します」

すぐさま、客席から番号札が高らかに挙げられた。一〇〇万円の入札だ。別の席からも番号札がぞくぞくと挙がる。

「一一〇万――一二〇万、一三〇万」

値が上がるたびに、キョウヤという若者の胸筋がぴくぴくとうれしそうに反応する。

そう、この『催し』は単なるショーではない。金持ちの道楽で、競り落とした人間を好きにできる『人身オークション』だった。

酒の肴《さかな》としてショーを楽しんでいる富成に反して、志波は興味がないどころか、仕事柄、このようなアングラな場所には近寄りたくもなかった。ただ、富成は大口顧客なので、今後のことを考えて、割り切って付き合っていた。

競りはエスカレートし、金額は天井知らずに上昇する。

会場の空気は、金と権力に満ちる。

確かに、青年たちの肉体は鍛えあげられていて無駄がないと志波は思う。しかし彼らのパフォーマンスは形だけで、クオリティは低く、見るに堪えない。何より、このような場所に立つ彼らの事情や行く末を想像すると、さらに空虚に感じられる。

美しさと悲哀、そして欲望が交錯するステージを、志波は冷ややかに眺めていた。

それでも三〇分も観ていると時間の浪費に耐えられなくなり、「トイレに行く」と口実をつけて席を離れた。

トイレの個室に籠《こ》もると、志波はタブレットでメールをチェックし、いくつかの簡単な事務作業を済ませる。

ふと気づくと、ラウンジを離れてから一五分も経過していた。早く戻らなければ、さすがに富成に怪しまれてしまう。

志波はタブレットを片づけ、急いで廊下に飛び出した。

「あっ！」

ドカッという衝撃。そこにいた男性に、出会い頭に勢いよくぶつかってしまった。

Tシャツ姿の大柄な青年は、よろめいて、レンガ製の壁に手をついた。

「痛《い》って……！」

うつむいて手をさすっている青年は志波よりもひとまわり大きく、見上げる形になる。ここまで背が高い人物は、事務所内でも外国人しかいない。

志波は心配して声をかける。

「たいへん申しわけありませ――」

「うわ、血ぃ出てる」

青年の手から血がにじんでいる。ざらついた壁でこすったようだ。

（しまった！）

志波は咄嗟《とっさ》にハンカチを手渡す。

「差し上げます。使ってください」

「え、くれるの？」青年はハンカチのブランドタグを見て、目を丸くした。「これ、本物？　ホントにいいの？」

「もちろんです」

驚くのも無理はない。海外のブランド品で、一枚三万円するものだ。しかし、流血させてしまった以上、誠意を見せなければいけない。揉《も》めごとは勘弁だった。

「本当にすみません。薬を探してきます」

「ううん、大丈夫」青年は血を拭《ふ》きながら、まじまじと志波を見つめる。

「なんでしょうか……？」

青年は屈託のない笑みを浮かべる。

「あんた、やさしいんだね」

彼の瞳《ひとみ》は澄み渡った湖のように綺麗《きれい》で、その眼差《まなざ》しに射貫《いぬ》かれた志波は、頭がくらりとした。

「ありがとお兄さん。じゃ、またあとで！」

青年はハンカチをひらひらと振って、トイレに入っていった。

志波は通路に立ち尽くし、彼とのやり取りを思い返す。気さくな雰囲気や若さからすると、投資で一攫《いっかく》千金を摑《つか》んだタイプのオークション参加者だろうか。

ともかく、トラブルにならずに済んで助かった。「やさしい」などと生まれて初めて言われたが、やさしいのは彼のほうだろう。

「相手が違えば、危うく過失傷害罪だったな」

自嘲《じちょう》してつぶやいた。普段はあんなミスはしないが、酔っているのかもしれない。頭がくらっときた感覚を考慮し、付き合いといえど、今夜はもうアルコールは控えようと決めた。

しかし、彼の「またあとで」という別れのあいさつは何だったのだろうか。ハンカチを返すという意味なのか？

ちょっとした違和感を抱きながら、ラウンジへ戻る。

志波が席に戻ると、ステージ上では筋骨隆々の男がクラシックバレエを披露していた。こんなものは単なる肉体の見せびらかしにすぎず、志波は安っぽいパフォーマンスを見下す。

それでもオークションは盛り上がっている。ボディーガードとして雇えば、チワワよりは役に立つかもしれない。

志波が飲み物をミネラルウォーターに切り替えたとき、富成が話しかけてきた。

「志波先生、このオークション、法的にはどうなんですかね？」

「人権の観点からすると、問題視される可能性は高いですが、まあグレーゾーンでしょう」

あくまで弁護士の立場から答えたが、富成が遊び心で競り落としでもしたら、面倒くさい処理に巻き込まれかねない。それを避けるためにも、警告をしておく。

「ただし、明らかに違法な取引が行われている場合、法的な介入もできます。また、昨今、いつのまにか撮られた画像や動画が、悪意を持った形でネットに流れる事例もあります。社会的な立場がおありなのですから、くれぐれもお気をつけください」

心の内で、厄介ごとは愛人問題だけにしてくれと、毒づいた。

それからしばらく、悪趣味なお遊戯会を観覧していると、「次が最後の出演者です」というアナウンスが流れた。

やれやれ、と志波がひと息吐いたとき。

「えっ……？」

スポットライトに照らし出される男を見て、思わず声を漏らしてしまった。

トイレで出会った青年が肉体を剝《む》き出しにして、堂々とステージに現れた。

「コレクションナンバー一三、ハルト、二二歳。一八〇センチ、六五キロ。股下九〇センチ」

彼の風貌《ふうぼう》と存在感は、他の出演者とは一線を画している。

客に媚《こ》びずに堂々としており、胸板は綺麗でたくましく、腕と脚はすらりと伸び、全身から男性の魅力があふれている。完璧《かんぺき》な肉体に見えて、腹部の小さな傷跡がそれを否定していた。何かの手術の痕《あと》だろうか。そのわずかな不完全さに、志波は奇妙な親近感を抱いた。

ハルトは観客に向けてぺこりと一礼する。

「俺もクラシックバレエやりまーす」

手を高らかに挙げて宣言した。前の出演者へのあてつけのように思え、客席からはクスクスと笑いがこぼれる。

しかし、彼の舞が始まると、印象は一変した。いや、豹変《ひょうへん》、という表現がぴったりだろう。野性的でありながら流れるような動作に、志波はすぐに引き込まれた。弓のようにしなる身体の曲線、力強くも優雅な動き、表情の変化――それらすべてが観客の心を鷲摑《わしづか》みにする。バレエの経験者なのか模倣なのかは判断できないが、とにかく志波は驚嘆した。

あの青年が、ここまでのものとは。

時が過ぎるのを忘れて見入っていると、見事な演舞が、突如、ピタリと止まった。

身体や髪から、汗が滴り落ちる。会場の緊張が高まる。何が起きるのかと、皆が固《かた》唾《ず》を吞《の》んで見守る。

すると、ハルトは両手を大きく広げて、かわいらしく訴える。

「次はマジックしまーす。スタッフさん、トランプ持ってきてください」

急に子どもっぽい雰囲気に変わり、客席からは笑いが漏れる。マジックもやるとなると、バレエはやはり模倣だったのだろう。ますます興味深い。

トランプを手にしたハルトが、客席を見回す。

「どなたか、ステージに上がって手伝ってほしいんですけどー」

客たちがグッと身を乗り出すなか、志波は選ばれないようにうつむく。こういう場所で晒《さら》し者になるのはごめんだ。

「じゃ、そこの、メガネをかけたお兄さん」

心臓がドキッとなった。

「黒髪で、スーツの似合うあなた」

志波はそっと顔を上げる。

ハルトは意味ありげに口角を上げ、志波に視線を送っていた。

狙い撃ちされた。

またあとで、とはこのことか。普段なら絶対に断るところだが、トイレでの不手際への詫《わ》びとして、渋々ながら志波は席を立つ。

「先生、いいねぇ～」

富成にバンと背中を叩《たた》かれ、客のうらやましそうな視線を浴びながらステージに上がる。

「ありがと、お兄さん」

汗ばんだ肌を輝かせるハルトに握手を求められた。志波は苦笑いを浮かべながら、手を差し出す。しっかりと握られると、彼の手の温かさと汗が混じり合い、志波は不思議な感覚に陥る。

なぜ地下深くのステージで、半裸の青年と向き合い、注目を集めているのだ。法廷に立つときとはまったく異なる、居心地の悪さを感じる。まさか、自分も男を買いあさる人間だと思われているのではないか。

何とも言えない気持ちに囚《とら》われていると、ハルトが志波にトランプを差し出す。

「よく切って」

「え？」

志波の反応に、ハルトは小首をかしげる。

「どうかした？」

「いや……わかった。切ればいいんだな」

志波は心の内で焦る。こういった手先を使う作業は苦手だった。小学生の頃、何度も失敗してトランプをバラ撒《ま》いており、それ以来、触れなくなった。

それがまさか、こんなステージでやる羽目になるとは。しかもよりによって、トランプはツルツル滑るプラスチック製だ。

この上ない危険が予測されるが、かといって、いまさらステージを降りるわけにもいかない。

息を止め、集中して切る。

すると案の定、トランプは志波の手を離れ、あたり一面に飛び散った。客席からのざわめきが耳に届き、志波はうつむき、唇を噛《か》みしめる。

「うっわー！」

ハルトが大げさに驚き、観客の注意をひいた。

「ぜんっぜん大丈夫っす！　いきなり呼ばれたら緊張しちゃうよね〜っ。ごめんなさい」

と、志波をフォローしつつ、彼は手際よくトランプを拾って、切り始めた。

途端。

「うわぁぁぁ！」

自らもわざとらしくトランプを切るのに失敗して、客席を笑いに包んだ。

「これめっちゃ滑る～」

そんなことを言いながら、またトランプを拾い集めるハルト。志波も拾うのを手伝おうとしたとき——

「待って！」

ハルトは声を上げ、志波に接近してくる。

「な、なんだ？」

戸惑う志波の胸もとに、ハルトは手を伸ばす。拒絶するまもなく、彼の指先が志波の胸ポケットにスッと入り、ハートのエースを取り出した。

「見っけ！」

「あ……」

ハルトがトランプを高く掲げると、客席から拍手と歓声が湧く。

いつのまに入れたんだ？

困惑する志波に向かって、ハルトはチラッとウィンクした。それはまるで共犯者に送る合図のようで、志波は失敗の恥ずかしさが軽くなるのを感じた。

席に戻ると、富成がニヤニヤしていた。

「先生でも失敗するんだねぇ」

「仕事とプライベートは別ですから」

下手な言いわけをして、からからに渇いたのどにミネラルウォーターを流し込む。

その後のオークションで、ハルトはこの日の最高額である七〇〇万円で落札された。落札した中年男性は、顎鬚《あごひげ》を触りながら卑しい笑みを浮かべて、ハルトを自分の席へと連れて行く。ハルトは甘えた顔で髭の男にしなだれかかった。

『売買される可哀想な若者』——これがハルトに対する第一印象だ。容姿に優れ、気が利き、器用に物事をこなす彼は、いったい、どうしてこのような場所に堕《お》ちてしまったのか。

生まれ育った環境さえ違えば、どこかの分野で成功していたかもしれない。

ふと、そんなことを考えたが、彼について追究するのは無意味だと、すぐに思い直す。彼が生きる世界は、自分には関係ない。

頭の片隅で、ハルトの澄んだ瞳《ひとみ》と汗ばんだ手の温《ぬく》もりを思い出しつつも、彼に対する興味は心の奥深くにしまっておくことにした。

＊　＊　＊

西新宿の新宿中央公園近くにそびえ立つタワーマンション。その最上階、ペントハウスに志波は居を構えている。ここを選んだ理由は単純明快で、事務所に近いからだ。勤務が深夜に及ぶのは日常であり、遠方への帰宅は時間と金の無駄になる。また、高層階にしたのは、汚れた空気や虫の侵入を避けるための戦略。

新宿という街には愛着などひと欠片《かけら》もなく、どちらかといえば好きではない。とくに駅の東側は秩序がなくて苦手だ。

今日も志波は、早朝の光をルーフバルコニーで浴びたあと、毎朝のルーチンをリビングで開始する。

最新のニュースを壁面のモニターに映し、トレーニングジム用の本格マシンを置いた一角で筋トレに励む。

広々としたリビングにはウォーターサーバーと、色味のないシンプルなテーブルや大きなソファセットがあるだけで、モデルルームよりも生活感がない。なぜならここは生活の場ではなく、戦闘態勢を整えるための『陣』だからだ。リビングが簡素である一方、寝室だけはこだわりがある。短時間でも疲れが取れる良質な睡眠は重要だと考え、超一流のアスリートが使うものと同じ製品を惜しみなく導入した。

もし同棲《どうせい》する恋人でもいればこうはいかないだろうが、二七年の人生において、恋愛経験は一度もなく、母以外の女性の手は握ったこともない。

学生時代に一度だけ『社会勉強』で参加した合コンでは、東大ブランドにすり寄ってくる女性陣を全力で論破した結果、男からも距離を置かれた。そして、恋人どころか友人すらも失い、志波の周りには友好的な人間の気配はない。

そもそも、恋愛など時間と金を奪われるだけで、百害あって一利なしだと考えているので、恋人など求めてもいない。

しかし、志波も生きていて心がある以上、孤独を感じるときもある。ペットや熱帯魚は検討したが、手がかかるので却下した。ロボットペットを愛《め》でている自分は想像できない。行き着いた先は、多肉植物だ。集め始めて、いまや数十種類。静かで小さな生命たちは、少しばかりの安らぎを与えてくれる。

筋トレを終えると、朝のルーチンは次の段階に移る。

朝食である。

毎日、プロテインバーとサプリメント、青汁と決まっている。食事など、栄養さえ摂取できればそれでいいのだ。今日も、胃に飲食物を落としながら資料のチェックをする。

ところが、今日は調子がおかしい。

いつもならば、朝がもっとも仕事がはかどるというのに、集中力が途切れがちだ。気づくと、思考は昨晩のオークションのステージへと飛んでいく。

頭のなかで、ハルトがバレエを踊り、マジックをしている。生々しくて、まるで実際に目の前で繰り広げられているようだ。

なぜだ。

たまたま出会った男が、強固なルーチンを揺るがしている。志波は自分でも理解できない感情と疲労に襲われる。

心身に異変を感じたときは、早急に手を打つべし。自己修復するためのリフレッシュが必要だ。

志波は早朝でもかまわず秘書に電話をかけ、彼女が応答するや否や、こう告げた。

「今日と、明日の予定をキャンセルする」

「え、あの」

戸惑いの声が聞こえても、断固として話を進める。

「大事な会議は入っていない。法廷に立つ予定もない。問題なかろう」

「問題はありません」

「急を要する不祥事や監査に関連するリクエストがあったら、直ちに転送しろ。進行中のデューデリジェンスは整理しておいてくれ。郵便物については、いつもどおりに対応してくれればいい」

「承知しました」

秘書は、チャットボットのごとく、するりと指示を受け入れた。彼女にとって、志波の突然のスケジュール変更は珍しいことではなく、一度決めたら揺るがないとわかっているのだ。もし志波が「今日は宇宙へ行く」と言ったとしても、きっと了承するだろう。

電話の向こうで、秘書がモソモソと何か言っている気配はあったが、志波の耳には届かない。心は、すでに別の場所へと移っていた。

志波は愛車のポルシェで中央道を颯爽《さっそう》と走り、富士山麓《ふじさんろく》に到着する。キャンプサイトは、さわやかな九月の空に包まれている。

今年に入ってから始めたソロキャンプは、日々の業務を忘れられる数少ないリフレッシュできるものだった。近くに別荘地はあるものの、平日なので人はまばらで、知り合いと遭遇することもない。雄大な富士のふもとで『弁護士・志波令真』としての重圧から解放され、名もなき男としての時間を過ごす。

オンとオフの切り替えに長《た》けている志波は、休むときは徹底的に休む。ゆったりとくつろぐために、テントや寝袋はファミリーサイズを用意し、キャンプ用品はすべて高価なものを選んでいる。そして今日は『焚《た》き火とともに楽しむ極上国産牛のディナー』という計画を立ててきた。これまでは調理済みのキャンプ飯を持ち込んでいたが、火《ひ》熾《おこ》しからやるのは初めてだ。

テントと焚き火台のセッティングに完璧《かんぺき》さを求めるあまり、すっかり日は暮れてしまったものの、準備は整った。

では、始めよう。

いざ——着火。

しかし、うまくいかない。焚き火台の底に敷いた新聞紙が燃えるだけで、薪に火が点《つ》く気配がない。

「なぜだ……」

このままでは計画は頓挫《とんざ》。念のため持ってきたプロテインバーが夕食になる。

無情に立ちのぼる細い煙を見て、志波は己の不器用さをあらためて理解する。トランプにつづき、薪ごときにも翻弄《ほんろう》されるとは。

自然のなかで心を癒《い》やすつもりが、己の未熟さと向き合うハメになった。

志波はキャンプチェアに腰かけ、フッと自嘲《じちょう》する。

「やはり、好きと得意は違うのか……」

「俺、得意だよ」

耳もとで何者かがささやき、ゾッと肌が粟立《あわだ》つ。

慌てて振り返ると、目の前にハルトの顔があった。

「ッ⁉」

彼との距離は口づけを交わすかのように近く、志波は腰が引けてチェアから転げ落ちそうになった。

「また会ったね、お兄さん」

「き、君は……」

オークションで競り落とされたはずの彼が、なぜここにいる。今日は半裸ではなく、Tシャツとハーフパンツにバックパックという格好だが、間違いなく彼だ。

動揺を押し隠し、志波は声を絞り出す。

「どうしてここに」

「たまたまだよ」

ハルトはサラッと答えると、焚き火台の横にしゃがんだ。彼の動作はあまりにも自然で、ここに居るのが当たり前のようだ。

「薪の置き方が変だよ。積むだけじゃなくて、空気の流れを考えないと」

「おい、ちょっと待て。勝手にやるな」

志波の制止を聞かず、ハルトは調整を進める。

「これ、新聞紙をそのまま敷いた？　ちゃんとちぎって、小枝や葉っぱで火種を作んなきゃ」

そう言いながら、ハルトはパッと火を点けた。

「おお……」

手際の良さに、志波は感嘆のため息を漏らした。

「お兄さん、うちわで扇《あお》ぐくらいできるよね？　お願い」

気に障る言い方だったが、志波は何度か失態を犯している以上、言い返せない。

おとなしく従い、ぱたぱたと扇ぐ。

ブワッと灰が舞った。

「うわぁ、ダメだって！」ハルトが叫んだ。

「くっ……扇げと言うからやっただけだ」

「いいよ、俺に貸して」

ハルトが扇ぐと、魔法のように薪が炎に包まれていく。志波は複雑な気持ちを抱いた。これではまるで、自分が非難してきた九九人の役立たずと同じではないか。

しかし、プライドを保つため、敗北感を表には出さない。

「では私が肉を焼く係をしよう」

志波が肉を手にして網に置こうとすると、ハルトはふたたび叫ぶ。

「待って！　まだ網が熱くなってないから！　くっついちゃうよ！」

「そうなのか……!?」

感心すると、ハルトはきょとんとした。

「待ってお兄さん。これだけいいもの揃えてんのに、マジで知らないの？」

「網の上に肉を置けば焼けると思っていた」

「焼き肉屋じゃないんだから！」

アハハという彼の大きな笑い声が富士山麓にこだまする。志波は自分の無知さに清々《すがすが》しさすら覚え、笑われても不思議と苛立《いらだ》たなかった。

網が熱されるのを待ち、志波は分厚い肉をのせていく。肉がじゅわっと焼けて、香ばしいにおいが鼻先をくすぐる。

これが求めていたキャンプだ。

ほとんどあきらめかけていた『焚き火とともに楽しむ極上国産牛のディナー』が彼のおかげで実現した。思いがけない再会に、志波は心のなかで感謝する。

そんなハルトは肉を凝視している。

「うっまそ～。めっちゃいい肉でしょ。早く焼けないかな」

「ん……？」

どういうわけか、彼は食べる気満々だ。食べて行けとはひとことも言っていないのだが……。まあいい。彼がいなければ焼けなかったのだから、火熾しの手間賃ということで目をつむろう。

「そうだ、俺ちょうどいいもの持ってるんだ」と、ハルトはそばに置いてあったバックパックから一本のワインを取り出した。

「じゃーん！　格付け一級の代物だよ」

ラベルにはエレガントな書体で年代が記されている。美麗な見た目から、明らかに高級なものだとわかる。

ぜひ味わってみたいと志波は思う。今回、肉だけ用意してワインを買い忘れるという初歩的なミスを犯していたので、これは渡りに船。

と言いたいところだが、どうも腑《ふ》に落ちない。

なぜ彼はワインを持っているのだろうか？　そして、何よりも気になるのは、オークションで競り落とされた彼が、なぜここに現れたのか。

疑問を解消すべく、志波は探りを入れる。

「こんな高価なワイン、どこで手に入れたんだ？」

ハルトは小首をかしげる。

「戦利品？　みたいなもんだよ」

言葉の意図をはかりかね、さらに問う。

「ところで君は、なぜここに？」

「さっきも言ったけど、偶然だってば」

「髭《ひげ》の男に買われたはずだが……」

「近くにあの人の別荘があったの。ほら、運命の再会に乾杯しよっ」

ハルトは話を切り上げて、紙コップにワインを注ぎ、志波に手渡してきた。

本当に偶然ならば運命としか言いようがないが、コップのなかで揺れるワインを眺めていると、さまざまな疑念が頭をよぎる。

まず『戦利品』という言い方が引っかかる。

別荘があるのが事実だとしたら、そこから盗んできたのか？

盗品だと知って飲んだら『盗品等無償譲受罪』になる。

あるいは、ハルトを買った男は、たったひと晩の付き合いに七〇〇万円支払い、その土産がワインだとしたら、飲んでも問題はない。

だが、そんな話があるだろうか？

どこから突っ込むべきか悩む志波の目の前で、ハルトはワインを楽しげに飲む。

「うまっ。お兄さん、飲まないの？」

「戦利品という点が気になる。盗品であれば罪になる」

するとハルトは好奇心に満ちた瞳《ひとみ》で志波をじっと見つめる。

「ところで、あんた何者？」

彼の目つきには、これまでとは別の色があった。君のほうがよほど正体不明だと志波は思いつつも、問い返す。

「何者とは？」

「平日にキャンプしてるし、あんなオークションに来てるんだから、普通の会社員じゃないよね？」

純粋に職業を知りたいだけかもしれないが、素性がよくわからない相手に、正直に弁護士だとは言いたくない。

そこで、志波は適当な嘘を吐くことにした。

「ただの会社員だ。オークションは接待で付き合っただけで、今日は有給だ」

「そうかなぁ？　当てていい？　弁護士でしょ」

「なっ？」

志波は驚きを隠せなかった。いまの反応でバレてしまったことは明白だ。まさか弁護士バッジを付けてきてしまったのかと襟を触るも、当然、付けていない。

ハルトは肉を取りわけながら、推理をつづける。

「しかも、ただの町の弁護士じゃないよね。かなり稼いでる」

志波はハハッと乾いた笑いをこぼし、平静を装う。

「なぜ、そう思う？」

「普通はブランド品のハンカチなんてくれない。たぶん、超大手の法律事務所じゃない？　お兄さんまだ若そうだし、司法試験は大学にいるあいだに合格したとか？」

「……」

完全に見抜かれており、志波は無言の肯定をするしかなかった。

「大当たり？　でしょ？」

「私の稼ぎは物品から推測できるとして、なぜ弁護士だとわかった？」

得意げな顔で肉を頬張るハルトに問うた。するとハルトは志波の胸をトンと指先で突く。

「心が読めるの。俺、超能力者だから」

「……は？」

固まる志波を見て、ハルトはプッと吹き出す。

「冗談だよ。オークションの会場で『先生』って呼ばれてたでしょ。学校の教師とは思えないし、格好からして医者とか士業だろうなぁって。それに、さっきも『盗品なら罪』とか変な疑い方してたよね。だとしたら、会計士とかのお金関係じゃない」

「なるほど……」

これらの情報だけで当てたならば、かなりの洞察力がある。

「あ、それから、トイレの前でこんなふうに言ってたじゃん。『危うく過失傷害罪だった』って」

ハルトは志波の口調や声色を真似て、指先でメガネを直すフリをした。

志波は恥ずかしさで頬が熱くなるのを感じるも、狼狽《ろうばい》を押し隠す。

「君の想像は、だいたい合っている。それは認めてやる。そういう君こそ何者だ?」

ハルトは挑戦的に口角を上げる。

「当ててみたら?」

名誉に懸けて、受けて立つしかない。志波はこれまでのハルトの立ち振る舞いを思い出し、推理をする。

「真っ当な職ではないだろう。おそらく、住所不定で転々として、食い扶持《ぶち》を稼ぐためにイリーガルな行為に手を出したりしている。だが、勘がよく、捕まらないように気をつけている。器用だから、何をやっても食っていけると考えている節がある。やたら気が利くところからすると、グループのリーダーかもしれないな」

「全然違うよ」

「いや、それなりに当たっているだろう」

「そんなことよりさ、偶然の再会を祝おうよ。肉、食べないと焦げるよ」

「あっ！」

ミディアムレアで食べるはずが、焼き具合を誤った。

ハルトはフフと笑って、ワインを飲んだ。


焚《た》き火は薄暗い光を放ち、おだやかな温《ぬく》もりを広げている。

結局、志波はワインには手をつけず、水を飲みながら極上の肉を味わった。

ハルトをチラッと横目で見ると、ぼんやりと夜空を眺めている。ワインをひとりで飲み干したせいか、頬が赤くなっている。彼の存在はソロキャンプの醍醐味《だいごみ》を損なっているが、なぜか追い払う理由を見つけられなかった。彼の横顔に摑《つか》みどころのない謎を感じ、それを解き明かしたい気持ちもある。

そこで志波はふと考えた。彼はいつまでここにいるつもりなのだろう。まさか朝までいるつもりではないだろうが……。

問おうとした矢先、ハルトは何かを感じ取ったかのように暗闇の先をじっと見つめた。ほどなくして、ワインの瓶をバックパックに突っ込み、急にテントに向かって歩き出す。

志波が声をかけようとすると、ハルトの大きな手に口を塞《ふさ》がれた。

「静かに」

ハルトは緊迫した声でささやき、素早くテントへと身を隠す。ただごとではないと志波は瞬時に判断し、彼が見つめていた方向に目を凝らす。

闇のなかに、小さく揺れ動く光を見つけた。

なるほど。そういうことか。

しばらくすると、懐中電灯を持った男たちが近づいてきた。黒服ふたりを引き連れている髭面《ひげづら》は、オークションでハルトを競り落とした男に間違いない。ハルトに逃げられ、追ってきたのだろう。

志波は素知らぬふりをして、髭面に話しかける。

「何か御用ですか？」

「ちょっと悪いね」

髭面は志波を素通りし、テントに一直線に向かう。

「おい待て！」

志波が声を荒らげるも、髭面は無視してテントの入り口を開けた。志波はごくりと息を呑《の》んだ。

だが、テントのなかは暗く、誰もいないように見える。

髭面は振り向き、志波へ訝《いぶか》しげな視線を向ける。

「ここに男が来なかったか？　若くてデカいやつだ」

「いや、見ていない」

志波は即座に否定した。こんな無礼すぎる男の要請に応じる気はない。

しかし、髭面はまったく信じず、テント内を無遠慮に懐中電灯で照らし始めた。

照らされた寝袋は明らかに膨らんでいる。

「あれは……」と髭面が言いかけたとき、志波は素早く嘘を吐いた。

「やめてくれ。恋人が寝ているんだ」

「本当か？」

髭面はしつこく疑ってくる。彼の反応からするに、志波がステージに上がった人物だとは覚えていないらしい。それにしてもこの男、横暴にも程がある。

ならば、法の刃《やいば》で斬りつけるのみ。

「軽犯罪法一条二三号、窃視の罪」

「は？　ケイハンザイ……？」

きょとんとする髭面に、志波は冷たい視線を浴びせる。

「私は弁護士だ。あなたに警告している。また、テントへ無断で侵入することは、住居侵入罪に当たる」

「なんだって？」

「直ちに立ち去らなければ警察に通報し、法的措置を取る」

「わけのわかんないことを……」

「先ほどまでの無法な行為は撮影してある」

志波がスマホを突きつけると、髭面は何か言いたげに口を開いたが、チッと舌打ちして、配下を連れて去っていった。

志波は安堵《あんど》の息を吐く。撮影などハッタリだ。

男たちが完全に姿を消してから、寝袋の膨らみに声をかける。

「出てきていいぞ」

寝袋がもそもそと動き、ハルトが亀のように首だけ出した。

「あぶねぇ。助かったよ。ありがと」

「別荘から逃げてきたんだな？　ワインも盗んだものだろう？」

問い詰めると、ハルトは少し考える素振りを見せたあと、軽い調子で答える。

「話すと長くなるけど、要するに、犬だって飼い主は選びたいって話。俺は犬じゃないけどね～」

追われている身でも冗談を言う余裕があるのかと、志波は呆《あき》れる。

「もういい、そこから出ろ」

「えー、でもまたあいつが来ると面倒だしー……」と渋るハルトは、くるりと表情を変えて訊《たず》ねる。「あ、ところで、どうしてかばってくれたの？」

「髭面が無礼千万だったからだ。それに君には借りがあるからな」

「借り？」

「トイレでぶつかった件と、トランプもな」

「ああ、あのときのこと……」ハルトは懐かしむようにつぶやいた。

「これで貸し借りなしだ」

志波が言うと、ハルトはへヘッと笑みを浮かべた。

「なぜ笑う？」

「あんたのいいとこ、ひとつ見つけた」

「ん？」

何のことかと訊《き》こうとすると、ハルトは寝袋に首をひっこめる。

「じゃ、寝よっか」

「だから出てこいと言ってるだろう」

「でも、こっち、こんなにあいてるよ～」

ハルトは寝袋に入ったままゴロリと回転し、端に寄る。

志波は戸惑いを隠せず、口もとを手で押さえる。

まさか、一緒に寝ようと提案しているのか？

確かに、大人ふたりが入れるサイズだが、なぜ見知らぬ男と寝なければいけないのだ？

「早くおいでよ」

ハルトは志波を手招きする。彼はかなり酔っているのだろう。困ったことに、寝袋から出てくる気配がいっさいない。

「ひとりで寝ていろ」

そのうち酔いも醒《さ》めるだろうと判断し、志波は食事の後片づけに取りかかる。


悪戦苦闘の末、長い時間をかけて調理器具や焚き火台を片づけ終えた。夜も深まり、虫の鳴き声だけがキャンプ場に響いている。

時計を見ると、すでに二四時を回っていた。それでもハルトは出てこない。テントのなかを覗《のぞ》くと、彼は寝袋ですやすやと眠っている。

どうするべきだろうか？

志波は対処法をシミュレーションする。

叩《たた》き起こしても、先ほどの雰囲気からすると、出てきそうにない。

強引に寝袋を剝《は》ぎ取ろうとすれば、抵抗されるだろう。彼は身体が大きく、力が強いはずだ。無理をしたら寝袋が破れてしまう。それは避けたい。

髭面の男と同様に住居侵入罪で脅した場合は――屁理屈《へりくつ》をこねまわされて、疲れるだけに終わる予感がする。

とても腹立たしいが、このままにしておくのが妥当か。

では、次は自分自身をどうするかだ。

志波はテントに入り、地面を覆うシートにそのまま横たわってみる。

地面の凹凸が不快で、快適な睡眠はできそうにない。加えて、天気予報では夜明けに気温が下がるらしい。

「なるほど……」

ボソリとつぶやくと、志波は自然と寝袋に視線を向けた。

寝袋は大きく、ハルトが端に寄っているため、十分な広さがある。

問題は、心理的な抵抗だった。

他人と寝袋で眠るなど、志波にとっては前代未聞だ。しかも、よりによって素性のわからない男である。

しかし、外で寝て風邪でも引いたら、休暇を取った分の仕事に悪影響が出る。ならば、寝袋で眠ることが最善の選択。

ここで迷っていては、無意味に睡眠時間を削るだけだ。決断が必要なときは、思い切ることが肝要である。感情に流されず、状況にもとづいて最適な行動を取る。これまでの成功も、そういった瞬間の積み重ねがもたらした賜物だ。

もし不快なら、そのとき再考すればいい。

そう自分に言い聞かせ、リカバリーウェアに着替えると、エイヤッと寝袋に潜り込んだ。

ハルトは熟睡しているのか、目を覚まさない。

寝袋は彼の体温で暖かくなっており、アルコールの微《かす》かなにおいと、整髪料のさわやかな香りが満ちている。

なぜだろうか。意外にも心は落ち着いている。狭く窮屈なのに、彼の存在がそれほど気にならない。

これなら眠れそうだ。

志波はゆっくりと瞳《ひとみ》を閉じた。すぐそばから聞こえてくるハルトの寝息は、耳障りどころか心地いいほどだ。

予期せぬ安らぎに身を任せるうちに、不安や疑念はゆるやかに消えていった。

ふと、微睡《まどろ》みの底から、意識がゆるやかに浮上してくる。

ふわふわとした温《ぬく》もりのなか、夢か現実か、よくわからない。

なんだろう……？

柔らかなものが、唇に触れているような感触がある。

目を開けると、長いまつげが揺れている。

え……？

鼻の触れる近さで、ハルトはすやすやと眠っている。

さっきの感触は……ただの気のせい……

いや、何かが触れたような……

覚醒《かくせい》しかけたとき、ハルトが突然、ぎゅっと抱きしめてきた。志波の口から声が漏れる。

「なっ、ちょっ……！」

「……もっ……と……にくー……」

ハルトの寝言らしき言葉に耳をくすぐられる。抜け出そうとしても、彼の長い手足が絡みついていて、身動きが取れない。離れてくれと心で叫ぶが、なぜか声にならない。

やがてハルトは志波を抱きしめたまま、あどけない寝息をふたたび立て始めた。この奇妙な状況にどう対応すればいいのかと迷うも、嫌な気分ではないので、いっそ身を委ねることにした。

＊＊＊

熱い日差しがテントの窓から射し込み、志波はぼんやりと目覚めた。大きく伸びをしたところで、ハルトがいなくなっていることに気づいた。

志波はテントから出て、周囲を見渡す。

ハルトの姿はどこにもない。どうやら、いつのまにか帰ったらしい。起こさないように気を利かせたのかもしれないが、そこはかとない寂しさを感じる。

さて、リフレッシュは終わりだ。気持ちを切り替え、ルーチンとして腕立て伏せを軽く三〇回やると、荷物をまとめて、駐車場に向かった。

ところが、停めた場所に愛車がなかった。何らかの理由で移動させられたのかと思い、キャンプ場のスタッフに確認するも、知らないという。

ふと、よからぬ疑念が心をよぎる。

消えたハルトと、消えた車。

怖々と荷物を確認すると――車の鍵《かぎ》がなくなっている。

息を呑《の》み、慌てて荷物をひっくり返す。

財布は無事だ。スマホも盗《と》られていない。

あの男は、車両狙いの窃盗犯だったのか……？

怒りよりも、自分の甘さに憤る。

志波は警察に通報すべくスマホを手にする。だが、オークションの光景が頭をよぎり、一一〇番をためらう。ハルトとのかかわりを説明する際に、人身オークションの会場にいたことが露見すれば、自分のキャリアに汚点を残す恐れがある。いまの時代、どこからどう情報が漏れて広がるかわからない。

富士山麓《さんろく》の新鮮な空気を胸いっぱいに吸い込み、気持ちを整理する。

まずは家に戻り、それから次に取るべき行動を決めよう。

さっそく、キャンプ用品を積めるレンタカーを手配することにした。


夕闇に包まれる頃、ようやく志波は西新宿に着いた。キャンプ場の近くにレンタカー屋はなく、借りるのにもひと苦労だった。リフレッシュどころか、心身ともにおびただしい疲労が溜《た》まっている。汗まみれで、早くシャワーを浴びたい。

レンタカーを走らせ、自宅マンションの地下駐車場に入る。

「なっ……!?」

そこには、愛車がまるで何事もなかったかのように鎮座していた。

まさか!?

志波はレンタカーを空きスペースに停めると、大慌てでマンションのエントランスに向かう。そこで家のカードキーがなくなっていることに気づき、戦慄《せんりつ》が走る。「鍵を落とした」という口実でコンシェルジュの助けを借りて、自宅に駆け込む。

ところが、家は意外にも無事だった。急いですべての部屋を確認したが、荒らされた形跡はいっさいない。志波は胸をなで下ろす。

しかし、ハルトの意図は依然として謎のままだ。いたずらというには手が込みすぎている。考えれば考えるほど、迷宮に足を踏み入れたような錯覚に陥る。

こういうときは、頭を冷やすべきだろう。

志波は浴室に向かい、小悪党に振り回された愚かさへの自戒を込めて、滝行を思わせる冷たいシャワーを浴びる。身体の汚れを洗い落とすと同時に、一流の法律家としてのプライドも流されていく感覚に襲われる。

まったく、信じがたい一日だった。

失敗がプライベートだったのは不幸中の幸いだ。ハルトの狙いや不気味さは拭《ぬぐ》えないものの、今回の経験は仕事に活《い》かすべき教訓になろう。

浴室を出て、冷たさに震える身体をバスローブでくるむ。萎《な》えていた気持ちは多少、しゃっきりとした。

さて、面倒ではあるが、早急に鍵を交換し、警察に行かねばなるまい。レンタカーの返却もしなければ——など、あれこれ考えながら、リビングへ戻る。

するとソファには、バスローブ姿でくつろぐハルトがいた。

幻覚だろうか。志波は目をこする。

ハルトは陽気に手を振り、同居人のような顔をする。

「おっかえりー」

（な、な……）

幻覚ではない。やつがいる。

志波は激昂《げきこう》して詰め寄る。

「なぜ君はここにいて、私のバスローブを着ているんだ!?　いったいどういうつもりだ！」

ハルトは悪びれずにニコッとする。

「俺、ここに住むね」

「は……？」

言葉を失った志波の前で、ハルトは車と家の鍵をポイッと投げ置いた。

「俺さぁ、帰る家ないいんだ。いつも歌舞伎町あたりで野宿してたり、ネカフェにいたりで。だから住んでみたかったんだよね、最上級のタワマン」

「いいかげんにしろ！」

志波は怒りに任せて叫ぶ。理解を超えた小悪党には、毅然《きぜん》と立ち向かうしかない。

「窃盗に加えて不法侵入だ。警察に通報する」

そう言いながら志波がスマホを手に取ると、ハルトは焦った様子で立ち上がった。

「待って待って！　いいの？　俺の指先ひとつで、人生変わっちゃうかもよ？」

「なに？」

ハルトは涼しい顔で自分のスマホを操作し、何かの画像を志波に見せつけた。それを見た瞬間、志波の心臓は凍りついた。

シャワーを浴びている自分の裸が盗撮されていた。

ハルトはニヤリとして、志波を見下ろす。

「これをネットでバラ撒《ま》いたらどうなるかな？　『オラクルム法律事務所のパートナー弁護士、志波令真二七歳の秘密』ってね。『人身オークションに参加』ってのも付け加えようか？　俺、タレコミ系のインフルエンサーに繋《つな》がりあるんだ」

志波の心に激烈な恐怖が植えつけられた。住所に加えて、所属先と名前まで知られている。これ以上の悪夢は想像もつかない。もし、この画像と個人情報が世に出回れば、事務所からの非難は免れず、築いてきたキャリアは崩れ去る。『志波令真』という名は、守護神どころか、法曹界の恥部として刻まれる。

ハルトは画像を見ながら愉《たの》しげに言う。

「でもさ、あんた意外とイイ身体してるし、オークションで高値になるかも。もし事務所をクビになったら出る？」

「……」

志波が茫然《ぼうぜん》自失になっていると、ハルトは軽薄につづける。

「怖い顔しないでよぉ。住まわせてくれたらバラ撒かないし。それに俺、いろいろ役に立つから」

志波はかろうじて声を絞り出す。

「ふざけるな……！　住まわせるわけないだろ！」

「えー？　キャンプで火を点《つ》けてあげたし、俺に抱かれて、気持ちよさそうに熟睡してたじゃん」

「まさかあのとき、起きてたのか!?」

「どっちだろーね？　でも俺たち『恋人』だし、同棲《どうせい》してもよくない？」

「あれは……！」

反論しかけて口を閉ざした。この男とは言い争っても無駄だ。仕事柄、数々の問題を抱えた人物とやりあってきたが、こんなに不可解な相手は初めてだった。何より、こういう難物が自分の身に降り注ぐとは考えたこともなかった。

ああ、完全に油断していた。志波は天を仰いだ。

ハルトは無邪気にスマホを見せびらかす。

「ねぇ、どうするの？　俺ここにいていい？　それとも……？」

志波の脳内では、論理と感情が激しくせめぎ合う。

この場で警察に通報すればハルトは捕まるが、彼はそうした罰を恐れるタイプには見えない。警察が到着するまでに画像をバラ撒かれてしまう。仮に訴訟を起こしても、金銭で解決できる問題ではない。裸の画像が全世界に拡散されるのは、社会的な死を意味するデジタルタトゥーだ。

ケンカ慣れしていそうな彼からスマホを奪い取るのは、怪我《けが》を負うリスクが高い。

では、どうするのか？

『恥部の公開による生き地獄』と『陣の乱れ』を天秤《てんびん》にかける。

その答えは明白だった。受け入れるしかない。ただし、一時的な措置だ。爆発物を所持する悪党を野放しにせず、監視下に置く。

志波は決心し、重い口を開いた。

「……条件がある。他の住処《すみか》が見つかったら、すぐに出て行け」

「え？　ってことは、住んでいいの？」

「言葉を間違えるな。泊めるだけだ」

「一緒じゃん！　ありがと！」

「調子に乗るな。暫定措置だ」

　いくら言っても無駄だった。ハルトは子犬が新しいおもちゃを見つけたかのようにはしゃぎ、バスローブをはだけさせてソファにゴロンと寝転ぶ。

　何がそんなにうれしいのだろうかと、志波は疑問を抱く。だが、この男を理解するのは困難だと判断し、早々に気持ちを切り替えて、今後の戦略を練る。

　家のなかで好き放題やられる前に、チワワの一〇〇億倍は厄介な生き物をコントロールしなければいけない。そこで、志波は腕組みしてハルトに告げる。

「よく聞け。泊めるうえでのルールをいくつか言う」

「ん、どんなの？」

　志波は思いつくままに挙げる。

「居場所は物置部屋に限定する」

「えー、物置？」

「安心しろ。六畳ある。眠るのは、キャンプ用の寝袋を使え。他の部屋への立ち入りは、トイレ、風呂《ふろ》、洗面所のみ。絶対に余計なことをするな。私の所持品に触れるな。わかったな？」

「はいはい、りょーかい」

　ハルトの余裕ぶった頷《うなず》きに、すでに主導権は奪われているのだと痛感する。自尊心を盾に取られ、陣を乱され、プライバシーを蹂躙《じゅうりん》される。これまでに築いてきたキャリアも未来も、彼の手であっさりと破壊されるかもしれない。

志波は深く考え込む。

この状況から、いかにして抜け出すか。

これはただのトラブルではない。人生を左右する、切実で重大な戦いだった。

2章　秘密の契約

【志波】

キャンプでは疲労のあまり寝過ごしてしまったが、志波は習慣どおり、午前五時に起床する。しかし、今日はぐっすり眠れなかった。盗撮画像の対応策を練るうちに、朝になってしまった。

ハルトが眠っているあいだに彼のスマホを盗んで画像を削除しようかとも考えたが、どこかにバックアップされていたら自ら首を絞めるだけだと思い、あきらめた。

ハルトを追い出す方法はないものかと悩みながら、朝のルーチンをこなすために、リビングへと足を運ぶ。

そこで目にした光景に、志波は言葉を失った。

焼き魚、味噌《みそ》汁、サラダ、そして炊き立てのご飯がテーブルに並べられていたのだ。

ハルトがキッチンから出てきて、さわやかにあいさつしてくる。

「あ、おはよーっ。マジ早起きだね。スマホのアラーム設定で知ってたけど」

妙なことを言った気がしたが、それよりも料理だ。

「それは……なんだ」

「朝メシだよ。夜中にスーパーで食材を調達して、全部俺が作った。この家、キッチンに最低限のものしかないし大変だった。油なんて栓も開いてなかったし」

「余計なことをするなと言っただろ！」

「メシは必要じゃんか。あ、もしかしてリョーくんは洋食派？」

さらに怒りがこみ上げる。

「黙れ！　それから気安くリョーくんと呼ぶな！」

朝から彼の存在がストレスだ。確かに、輝く白米と味噌汁の香りには憎らしいほど心を惹《ひ》きつけられるが、術中にはまってはいけない。言い合いをしても消耗するだけだ。

「ハァー……！」わざとらしくため息を吐くと、志波はあえて筋トレを始める。不快な気持ちをトレーニングマシンにぶつけるように、全力で上げ下げする。

するとハルトは志波の近くに来て、じろじろと観察する。

「本格的なの揃えてるんだね」

「……」

「俺はいつもヨガとかストレッチをやってるんだ」

志波が無視していると、ハルトはヨガの動作を始めた。

「目障りだ」

「ひどっ。すごくスッキリするよ。一緒にやらない？」

志波は答える代わりに、ダンベルをガシャンと置く。それでもハルトは気持ちよさそうな顔で身体を伸ばしている。

「あーサイコ～」

こんな男との同居は、正気の沙汰《さた》とは思えない。しかし、いちいち気にしていたら心身ともに参ってしまう。心頭滅却すれば——だ。

志波が相手をしなくても、ハルトはヨガをしながら延々と話しつづける。

「リョーくんはどんな料理が好きなの？　俺、炊き出しの手伝いとかしてたから、けっこう何でも作れるよ。ちなみに俺は肉が好き。特盛りのカツカレー、ステーキ、から揚げとか」

その後、ハルトが二人前の朝食をぺろりと平らげるのを横目に、志波はプロテインバーをかじった。もはやどちらが家主だかわからない。

やがて、出勤の時間が迫ってきた。

家を空けたくないが、今日は裁判所に行かねばならない。また、法曹界は紙とハンコのアナログ文化が根強いため、完全なリモートワークは不可能だ。

当然、ハルトを残して出るのは心配だった。いまのところ金品の被害はないが、本当は別の目的があるのではないかという疑念が去らない。

なぜなら、弁護士という職業は敵を作りやすく、さらに志波は冷酷無比であるがゆえに、確実に何人かには恨まれている。実際、過去には事務所に生ゴミが送りつけられたり、匿名の脅迫電話がかかってきたりもした。

それゆえ、ここで正体不明の男を問いただし、無意味に刺激するのは得策ではない。彼に本音を吐かせるには、自白剤でも使わない限り無理だろう。

せめて、陣を荒らす行為を抑止できないものか。

そこで、志波は一考した。昨夜挙げた条件を『十箇条』として壁に貼る。

「君が家にいるのは、一時的に許可する。これは絶対に守れ」
一、人を家に入れるな。二、部屋を汚すな。三、私物に触れるな。四、騒音を出すな――など。無法者の彼に効果があるかは不明だが、明文化することは大事だ。
ハルトは内容を確認して、志波に問う。

「ルールを破るとどうなるの？」

「髭面《ひげづら》の男に連絡する。電話番号は調べればわかるからな。二度と逃げられないように監禁されるんじゃないか？　君は生涯、ヤツの犬として過ごすわけだ」

このほうが刑罰よりも効くだろう。すると、やはりハルトは苦笑した。

「痛いとこついてくんじゃん」

「わかったら守れよ？」

「もちろん！」

ハルトは断言したが、この男は呼吸をするように嘘を吐く。そこで志波は印鑑やパスポート、通帳などを事務所に持っていくことに決めた。

そうして貴重品をカバンに詰めていると、ハルトが後ろから覗《のぞ》いてきた。

「リョーくん、何も盗《と》らないって。信用してよ」

「信用できるか。そしてリョーくんと呼ぶな」

念のため、ハルトの顔写真を撮影し、彼のスマホに位置情報アプリもインストールさせる。

「これは命令だ」

「全然いいよ」ハルトはあっさり頷いた。「リョーくんのスマホに入れたアプリと同じでいい？」

「……同じとは？　どういうことだ？」

「キャンプの夜に仕込んだ」

衝撃を受けてスマホを確認すると、見知らぬアプリがインストールされていた。

「いつのまに……」

「ぐっすり寝てたから、生体認証するのも余裕だった」

アラームの時刻も、そのときにチェックされたようだ。愕然《がくぜん》とする志波に、ハルトはしれっと言う。

「なんか元気ないけど大丈夫？　朝から筋トレを全力でやるからじゃないの」

もはや反論する気もなく、玄関へと向かう。

「じゃ、いってらっしゃい」

見送りについてきたハルトに腰をポンと叩《たた》かれ、志波は事務所に向かう。

すがすがしい快晴とは正反対に、志波の心にはどす黒い雲が垂れ込めている。足取りは重く、一歩進むごとにハルトの顔が浮かんでくる。おかげで、始業前から志波はすっかり疲弊していた。

「休暇を取ったのに、どうしてそんなに疲れてるんですか？」

出迎えた秘書に怪しまれた。

志波が執務室に入ると、不在のあいだに積み上がった案件が待ち受けていた。普通の人間ならば、心労を勤務中にまで引きずるところだが、志波は強引に気持ちを切り替える。

苦いコーヒーを口に含み、出廷依頼や法律相談の山に目をとおしていると、岩峰所長から「会議室へ来い」と連絡が入った。厄介な案件が舞い込んだらしい。

「いまの私ほど厄介な状況はないだろうけどな」

やれやれとメガネを拭《ふ》いて、志波は席を立つ。

広々とした会議室には、志波を含む企業法務ルームのメンバーたち一〇名が集まった。

岩峰は厳《いか》めしい顔つきで口を開く。

「インフルエンサーの件、確認してくれたな。相談者は厳しい立場に置かれている」

今回の案件は顧問先ではなく、新規となる広告代理店『永禄《えいろく》広告社』から相談されたもので、訴訟人はフリーランスの男性インフルエンサー『シタラック』だ。

資料によると、シタラックの本名は設楽巧巳《したらたくみ》、二九歳、東京都在住。動画配信歴は六年。チャンネル登録者とSNSのフォロワーの合計は三〇万人超。

彼は、自身の氏名と顔写真が、無断で大々的に広告利用された件に対して、『パブリシティ権侵害』として一五〇〇万円の損害賠償を求めている。パブリシティ権とは、『著名人の氏名や肖像が有する顧客吸引力から生じる経済的な利益・価値を法的に保護する権利』のことだ。さらに設楽は社長の謝罪までも要求している。

この無断利用に関して、広告代理店側はこう主張している。

『急ぎの案件だったため、口頭での合意にもとづいて進行し、契約書は後日に締結する予定だった』

今回のように口約束で話が進むことは、大手のかかわる案件でもよくある。契約段階になって条件面で折り合いがつかずに揉《も》めるパターンは珍しくない。

つまり、双方の合意の有無が訴訟の鍵《かぎ》となるのだが、契約書は存在しない。

まず、事実の確認をする。

現時点で存在する証拠らしきものは、永禄広告社の担当者と設楽が『令和《れいわ》六年七月八日に打ち合わせをする』と送り合ったメールだけだ。

なお、担当者はそのときにギャラ七〇万円を提示し、設楽の了解を得たとしているが、設楽は『打ち合わせで断った』と主張しており、一か月後にWEB広告が公開されたにもかかわらず、いまだギャラの請求をしていないという。

問題となっている広告の内容は、新規のNFTゲームに関する宣伝だった。NFTゲームとは、ブロックチェーン技術を用いて開発されたものであり、遊びながら仮想通貨を稼げることが売り文句になっているものが多い。今回のゲームは、仮想空間で土地を奪いあう戦略シミュレーションだ。

つづいて、広告が掲載されるに至った経緯を確認する。

シタラックは小学生向けの学習チャンネルを運営しており、広告代理店は、『保護者層をターゲットにする』という提案を彼に持ちかけ、口頭で同意した――という話だ。シタラックはさわやかなアイドル風のイケメンで、親ウケが抜群にいいというデータがある。日頃の配信はもちろん、リアルイベントを開けば子どもよりも親が盛り上がり、SNSに自撮りを投稿すると、瞬時に大量の「いいね」が付く。

この人気と知名度が、永禄広告社にとって不利な状況を生み出している。

彼はSNSを駆使して自らの立場を訴え、『広告に使われて、信用を損なった』と主張し、多数のフォロワーを味方につけている。名誉毀《き》損《そん》は訴訟には含まれていないが、世論が裁判官の判断に影響を与えることもあり得る。

確かに、『算数や社会』と『ゲームで仮想通貨を稼ごう』というコンセプトはかなりの隔たりがあり、ある種の「損なう」部分があるかもしれない。

実際のところは、NFTゲームという形式自体は問題なく、大手企業も参入してきているのだが、金銭欲につけ込む詐欺が頻発していて、悪いイメージがあることも事実だった。そのため、「キッズ向け配信者がこのような宣伝をしていいのか？」という軽い炎上が起きているのだ。

無論、双方の言い分が何であれ、オラクルム法律事務所の役割は、クライアントである永禄広告社の主張を支持し、勝利に導くことだ。

岩峰は弁護士たちに向けて熱心に語りかける。

「君たちが多忙なのは理解している。また、この案件には大きな報酬は期待できない。それでも、ぜひ担当してほしい。クライアントの資本力からすれば賠償金の額はまったく問題ないが、敗訴したうえに社長の謝罪ともなれば信用にかかわる」

岩峰の視線は志波にとどまり、期待を込めた眼差《まなざ》しで見つめる。

「ここで助ければ、報酬だけでなく顧問契約を結べて、莫大《ばくだい》な顧問料が見込める」

志波は躊躇《ちゅうちょ》なく手を挙げ、事務所の利益を最優先に考えた提案をする。

「あとは私にお任せください。このような案件に所長が頭を悩ませるのは、事務所にとっても社会にとっても損失になります」

岩峰は感心して頷《うなず》く。

「さすが志波だ」

「かならず勝利を収めます」

志波は自信を持って頷き返した。

「ところで」岩峰は話を一旦《いったん》切って、懸念を示す。「一〇〇人目は、見つかりそうなのか」

「その件につきましては、ご心配には及びません」

胸を張って答えたものの、いまだにアテはない。

表には出さないが、リソースは限界に近い。他に手がけている訴訟や日々の業務もあり、それに加えてハルトの件もあるのだ。

志波はランチタイムを利用して、自宅にひそかに設置してきた監視カメラの映像をチェックする。

画面に映し出されたのは、ハルトが物置部屋を出て、うろうろと自由に歩きまわる姿。リビングのソファにどっかりと座り、スマホを操作している。

十箇条を無視した振る舞いに志波は苛立《いらだ》ち、プロテインバーをかじり折る。

録画をさかのぼって彼の動きを追うと、家中を掃除していた。多肉植物のホコリも丁寧に拭いている。掃除自体はありがたいが、それもルール違反であり、志波のイライラは増すばかりだ。

やがて、ハルトは大きな袋を手にして家を出た。持ち出したものは不明だが、明らかに怪しい。

位置情報アプリで確認すると、彼は午前中に歌舞伎町に行っていた。あの猥雑《わいざつ》な街で、何をしたのだ。

「……ん？」

ちょっと待て？

志波は異変に気づき、映像を止めた。

彼が歌舞伎町にいたのは午前で、現在、家に戻っている。これはあり得ない事態だ。なぜなら、エントランスも家の玄関もオートロックなのだから、一度外に出たら戻れない……。

まさか。

ハルトは予備のカードキーを探し当てたのか？

書斎のカメラを確認すると、案の定、辞書型の小型金庫を開けられていた。まったく迂闊《うかつ》だった。彼はどれだけ鼻が利くのか……。

懸念はあれど、いまから家に戻ったところで、どうしようもない。それに休暇を取った分の作業も溜《た》まっているので、業務を優先しなければいけない。

(最悪だ……)

アプリを閉じつつ、ふと思う。歌舞伎町が彼の生息地だったはずだ。ならば勤務後、少し足を延ばし、彼の素性を調査してみてもいいだろう。本来ならば今夜はインフルエンサーの案件を調べるところだが、彼こそが喫緊の課題だった。

夜になり、志波は歌舞伎町へ向かった。位置情報アプリのデータを頼りに、ケバケバしい看板と耳障りな音に満ちた街を歩き、ハルトの足跡を追う。

広場の裏へ進むと、不可思議な光景に出くわした。

少年少女が群れをなし、大量の菓子折りを分け合っている。それらの熨斗《のし》には、志波が顧問を務める大企業の名前が記されている。

なぜ、彼らがあんな品を持っているのだ。

強い違和感を抱いた瞬間、志波はハッとなった。

自宅の物置部屋に、弁護の礼として受け取った贈答品を保管していたはずだ。ハルトが持ち出した『大きな袋』には、あれが入っていたのではないか。

志波はスマホを操作するふりをしながら、遠巻きに眺める。

彼らは菓子を食べながら自撮りをしたり、わいわいとふざけたりしている。声をかけるべきか迷っていると、「ハル兄」という言葉が聞こえた。

これで確信した。ハルトは間違いなく彼らと関係がある。

志波はためらいを捨て、おだやかな声で話しかける。

「すまない、ちょっといいかな」

彼らはいっせいに志波を見つめ、警戒心をあらわにする。

「誰？　何か用？」

赤髪の少女が疑わしげな眼差しを向けてくる。パパ活と誤解されているのかもしれない。

志波は手を振って否定する。

「いや、さっき『ハル兄』って言っていたが、ハルトのことかな?」

するると、彼らの表情がゆるんだ。

「ハル兄の知り合い?」

「知り合いというか、浅からぬ関係、とでも言っておこうか」

「朝カラ? カラオケ仲間?」

子どもっぽい推測が飛び出し、志波は苦笑いを隠せなかった。カラオケとはかけ離れている。さて、いまの関係をどう説明すればよいのかと悩んでいると、ひとりの華《きゃ》奢《しゃ》な少年が口を開いた。

「もしかして、あなたは『リョーくん』?」

「あ? ああ……そうだ」

その呼び方は気に入らないものの、肯定するしかなかった。

ユウという少年の話では、菓子折りは『リョーくんからのプレゼント』として彼らに伝わっているらしい。食べきれずに処分することも多かったので、捨てるよりはマシだとは思うが、それでも窃盗は正当化できるものではない。

ユウはつづけて、ハルトが『リョーくんは夜の街で出会った友だち』と言っていたことも明かした。志波が弁護士だとは伝えておらず、例の恥ずかしい画像も見せていないようだ。志波はわずかながら安堵《あんど》する。

「ねえ、リョーくん」

最初にパパ活と誤解した赤髪の少女が、馴《な》れ馴れしく袖《そで》を引っ張ってきた。

「一〇〇〇円ちょーだい」

「……なぜだ？」

「未来ある若者に寄付してよ」

寄付……？　意味不明な要求をされて志波が戸惑っていると、少女の仲間が制止する。

「やめなってアカネ。ハル兄のカラ友でしょ」

「つか、ハル兄ってどんな歌うたうんだろ？」と、別の少年が興味津々に言った。

「歌うまそう」別の少女が付け加えた。

「今度誘おっか？」

無邪気に話している彼らと接するうちに、志波はますますハルトという人間がわからなくなる。どうやら日頃から食べものをあげたり、面倒を見たりしているらしい。

彼の行動には、裏があるのではないか。子どもたちを餌付けして利用するつもりだとしたら――

気になるが、ここで彼らに訊《き》いても怪しまれるだけだろう。

とにかくハルトについて、もっと知らなければならない。

少年たちと別れたあと、志波はしばらく歌舞伎町をうろついた。だが収穫はなく、重い足取りで帰途につく。家に帰ると、あの男が消えていることを期待して。

期待はたちまち消し飛んだ。自宅に入ると、玄関にハルトのスニーカーが転がっており、奥からは料理の香りが漂ってくる。

絶望を感じつつ部屋の扉を開けると、豪華な夕食が並んでいた。

「何だこれは！」

志波の声が室内に響き渡り、静かな多肉植物たちもその怒声に揺れ動いた。

しかし、ハルトは平然としている。

「メシだよ」

「見ればわかる！　勝手な真似をするなと言ったはずだ！」

「だって、プロテインバーやサプリだけってさぁ。栄養は摂《と》れるかもだけど、顔色よくないし、心の栄養が足りてないんじゃない」

「余計なお世話だ」

「まあまあ、ほら見てよ。夜は洋食にしてみた。野菜たっぷりのミネストローネにシーザーサラダ、焼きたてのフォカッチャ、メインは茄子《なす》入りのボロネーゼ。全部俺が作った」

シェフのごとく解説するハルトを、志波は問い詰める。

「そんなことより、菓子折りを勝手に持ち出しただろ？」

「例のルールにはなかったし」

「常識で考えろ、窃盗だ！」

「腐らせるよりいいじゃん。食品ロスとかフードドライブって知ってる？」

「ハア……」

暖簾《のれん》に腕押しだ。ハルトはボロネーゼに粉チーズを振りかけながら話す。

「あ、そういやユウから連絡が来たんだけど、俺たちカラ友ってことになったらしいね。説明めんどいし、それでいっか。それともリアルにカラオケ行く？」

「行くか！」

「じゃ、冷めないうちに食べて」

「食うか！」

「キーキーうるさいなぁ」

ハルトは肩をすくめると、ミネストローネをスプーンですくい、志波にゆっくりと近づいてくる。

「なんだ……！」

彼の巨軀《きょく》に圧倒され、志波は壁際へと後退する。

「あーんして」

ハルトはふざけた口調でスプーンを突き出してくる。

「おい、やめろ」

必死に警告するが、逃げ場はない。ハルトの右手が志波の顔に伸び、両頰をグッと摑《つか》まれて、無理やり口を開けさせられた。

「ひゃめひょ！」

「あーん」

スプーンが強引に口に侵入してきた。

「うぐっ……！」

温かいミネストローネが舌の上に広がる。香り豊かなスープはトマトの酸味と野菜の甘味が溶け合っていて、野菜同士が主張しすぎず、深い味わいを生み出している。このクオリティは、クライアントに連れて行かれる三つ星レストランに引けを取らないもので、志波はごくりと飲み込んでしまった。

ハルトは得意げに問いかける。

「どう？」

「……食品ロスはよくないのだろう？　地球のために食べてやる」

認めざるを得なかった。そして、志波はひとつの結論に至った。彼の行動に毎回腹を立てるよりも、素直に受け入れるほうが精神衛生にいいと。

そう考えていると、ハルトはいきなり手を伸ばしてきて、志波の口もとにすーっと指を当てた。

「なっ!?」

ギョッとする志波の前で、ハルトは指先についたトマトの欠片《かけら》をペロッと舐《な》めた。

「汚れてたから取ってあげたの」

「触れるな！　ひとこと言えばいいだろう！」

志波は口をごしごしと拭《ぬぐ》い、食卓に着くと、ハルトの手料理と対峙《たいじ》する。色彩が豊かで、彼の陽気な性格がそのまま表れているかのようだ。

「見た目は悪くないな」

軽く評して、ハルトの視線を感じながら、食べ始める。

ミネストローネ以外も絶品で、フォカッチャも外はサクサク、中はふわふわ。

悔しいが、うまい。彼は毒だというのに、相反して美味だ。

横浜の実家を離れて以来、誰かの手料理に舌鼓を打つのは初めてだった。いや、出来合いの品が多かった実家の食事は、厳密には手料理とは言わないかもしれない。

ハルトは満足げに頬張り、目を細めて「はぁー」と感嘆の息を漏らした。

「自分で言うのもなんだけど、最高にうまくない？」

「悪くはない」

志波は無表情で答え、フォークを動かしつづける。

「ねぇ、俺のこと、ルール違反で髭面《ひげづら》に売る？」

志波は即答できない。確かに十箇条は破っているが、この味なら……。

「……キッチンは許す。そのかわり、使ったら綺麗《きれい》に片づけろ」

「りょーかい。じゃ、ご飯は時間があったら一緒に食べようよ」

「時間はない」

「時間って作り出すものでしょ？」

志波は少しイラッとしながらも冷静さを保つ。

「作った時間は仕事に使う」

「ケチ。そういうとこだよ、リョーくん」

「黙って食べろ」

志波は言い放ち、茄子をフォークで突き刺した。


夕食後、志波は書斎にこもり、インフルエンサー訴訟の資料をまとめる。しかし、集中はすぐに途切れた。原因は、音もなく部屋に入ってきたハルトだ。風呂《ふろ》上がりの彼は上半身裸にボクサーブリーフ一枚という姿で、濡《ぬ》れた髪をかき上げる。

「それ、弁護案件？」

背後から覗《のぞ》き込もうとしたので、志波はサッと資料を隠す。

「見るな。守秘義務がある」

ハルトは猫なで声で訴える。

「誰にも言わないから」

「出ていけ。君は物置にいろ。そして裸でうろうろするな」

ボクサーブリーフを指すハルト。

「裸じゃないし」

「下着でうろつくな！」

「男同士だからいいじゃん」

「目障りだ。仕事に集中させてくれ」

犬を追い払うようにシッシと手を振ると、ハルトは苦笑した。

「そんなイライラしないでよ。あんたが機嫌悪いと、居心地も悪いんだよね」

「それなら出ていけばいい」

「仕事が忙しいんでしょ？　だったら、俺があんたの一〇〇人目になろうか？」

「けっこうだ」

志波はハルトを追い出そうとして、立ち上がったが。

（……ん⁉）

なぜ、ハルトは一〇〇人目の件を知っている？

戸惑っていると、ハルトはつらつらと言う。

「あんたの同期にはLGBT支援をする人権派の弁護士がいる一方で、あんたは利益だけを追求している。つい最近、九九人目の部下をクビにして、同僚には『氷の法王』と陰口を叩《たた》かれて疎まれてる。けど、クライアントからの評判はすこぶる良く、『勝率九九パーセントの仕事人』と呼ばれてる」

ハルトはフフッと目を細める。まるで、すべてを見透かしているかのように。

「ど、どうやってそれを知った……？」

「知り合いの情報屋に訊《き》いたり、企業の法務部を装って連絡を取ったり、アソシエイトに変装して事務所に入り込んだりね」

法律事務所のセキュリティは厳重で、簡単に入れるものではない。

「いったい何者なんだ、君は……？」

「何者でもないよ。でも誰にだってなれる」

ハルトはにこやかに答えて、つづける。

「でもまあ、俺は、九九人の助手よりは役に立つかもね。あちこち転々とするうちに人脈ができて、いろんなスキルを身につけたから。例のオークションも、そのうちのひとつ。グレーな世界で生き抜くために、法律の知識もそこそこ身につけた」

志波が唖然《あぜん》としていると、ハルトはひとこと付け加える。

「今回の案件だったら、インフルエンサーの知り合いもいるしね」

「えっ」

不意打ちされ、思わず志波は声を上げた。

「君には、内容は伝えていないはずだが……」

おそるおそる疑問を投げかけると、ハルトはあっけらかんと言う。

「リョーくんが設置した監視カメラで見たんだよ。家のあちこちにあるよね？」

ハッキングしたというのか？　志波はおののき、ついに言葉が継げなくなる。かたや、ハルトはペラペラとしゃべる。

「あ、それでね。さっき一〇〇人目になるって言ったけど、事務所に入れろってわけじゃないよ。リョーくんと雇用関係を結ぶ『調査員』って形なら問題ないでしょ？　ここに住まわせてくれるなら給料はいらないし」

志波が黙っていると、ハルトは「ちょっと待ってて」と物置部屋へ行き、運転免許証を持って戻ってきた。

「こんなのも、いくらでも用意できるよ」

志波は手に取り、確認する。

顔写真はハルトだが、氏名は『川添敦夫《あつお》』と記されている。

「偽名……？　いや、偽造か……？」

ハルトは厚い肩を揺すって笑った。

「ちなみにこの川添くんには三億円の価値がある」

ハルトは免許証をひらひらと振り、マジックでパッと消してしまった。

「で、どうする？　俺と契約する？」

当然、疑念を抱かずにはいられない。

「目的は何だ？　金か？」

「違うって。さっきも言ったとおり、リョーくんにイライラされずに、快適に暮らしたいんだ。仕事詰めで食事にも余裕がないのは、よくないと思うんだよね。それから、あんた自身にも興味がわいてきた。これに嘘はない」

ハルトは真っ直ぐに志波を見る。その眼差《まなざ》しは、これまでの軽薄な態度とは一線を画し、真剣だった。

志波は逡巡《しゅんじゅん》する。この男の提案には明らかに危険がともなう。しかし、検討する価値は十分にありそうだ。

普通の弁護士なら、迷わずに断るだろう。

だが、志波は違う。事実を冷静に積み重ね、合理的に判断する。

まず、彼の能力について。

オークションでのパフォーマンス、狡猾《こうかつ》な手口、手先の器用さ、裏社会への精通と情報網――これらは、これまでの九九人だけでなく、志波自身にもない特質だった。

一方で、ハルトの悪事は、無視できない。

しかし、歌舞伎町で若者から信頼される様子からすると、根っからの悪党ではないように思えた。素性の怪しさや図々しさを差し引いても、否定できない魅力がある。

そして、彼が居座るつもりなら、それを利益に転化するのも、ひとつの戦略だろう。

志波は深く息を吸い込んで、あらためて自問自答する。

通算の勝率は、もう二度と一〇〇パーセントにはならない。しかし一〇〇パーセントに限りなく近づけるためには、どんな手でも使うべきだ。たとえその手段がハルトのような『毒』であったとしても。なぜなら、いつかまた、巨悪に同じような『毒』を食らわされるかもしれないのだから。

こうして、志波は迅速かつ果敢に決断をする。危険性を理解しつつも、彼を利用することが、目標達成への最短ルートである。

志波はハルトを見据えて告げる。

「了解した。君の提案を受ける。ただし――」

「ありがと、リョーくん！」

ハルトは顔を輝かせて抱きついてきた。彼の濡れた髪が頬にくっつき、甘いシャンプーの香りが鼻腔《びこう》をくすぐる。

「おい離れろ……！」

もがいても、ハルトはそんなことはおかまいなしだ。

「これからよろしく！」

「最後まで話を聞け！」

志波は身をよじって脱出すると、手早くノートパソコンを起動する。

「インフルエンサーの件を、試用期間とさせてもらう。その結果で最終判断をする」

「まあそれでいいよ」

ハルトは素直に頷《うなず》いた。

志波は秘密保持契約書を抜かりなく作成する。法的効力のある文書として、違約金や損害賠償に加えて、『画像の削除』も盛り込む。

「署名してくれ。川添ではなく、正真正銘の本名だぞ」

念を押すと、ハルトは『宗田《そうだ》晴斗《はると》』とすらすらとサインをした。

ソウダハルト。

「身分証は必要？」

「かまわない」

また偽造品を出されるかもしれないし、そもそもソウダハルトという名前自体も信用できない。しかし、本名を追及しても彼は真実を話さないだろうから、いまはそのまま受け止める。

「正式に契約してもらえるように頑張るよ」

ハルトは力強く親指を立てる。そんな彼の軽薄な笑みを、志波は一瞥《いちべつ》する。

「先ほど、君は『給料はいらない』と言っていたが、きちんと報酬は払う。タダより高いものはないからな」

「なら、ありがたく受け取る」

「だからもう、家のものを勝手に持ち出すな」

「俺のものを持ってくるのはいいよね？　服とかいろいろ」

「必要最低限の持ち込みは許可する」

「了解了解。じゃあ、掃除や洗濯はする？」

志波は悩む。こき使いたい気持ちはある。しかし、服や下着にはあまり触れてほしくない。洗濯は全自動で乾燥までできるので問題なく、クリーニングはコンシェルジュに頼めばいい。

それならば掃除だ。とはいえ、家にいる時間が少ないのでゴミはあまりなく、床掃除はロボット掃除機がやってくれる。ならば、それ以外だ。

「ロボット掃除機ができないところを綺麗《きれい》にしてくれ。ただしサボテンには触れるな。あれは私が世話をする」

「たくさんあるよね。名前とかつけてるの？」

「つけるわけないだろう」

「俺つけていい？　ツンツクちゃん、乾燥大臣、ハリー・ポコポコ」

「やめろ！」

「冗談だよ」

ハルトはケラケラと笑う。

会話がどうにも噛《か》み合わないが、おそらくこのまま永遠に平行線だろう。

それはともかく、『仕事上の』パートナーシップは成立した。懸念は大いにありつつも、心のどこかで、彼が砂漠の宝石であってほしいという淡い期待を感じていた。

志波はリビングのテーブルに資料を広げ、ハルトがルームウェアに着替えたところで、さっそく案件の説明に入る。

「問題の核心は、広告代理店とシタラックのあいだで主張が食い違っている点、『広告使用に関する合意の有無』だ。無断利用が真実か否か、調べる必要がある。もちろん我々はクライアントの主張を信じるが、証拠はない。契約に関しては口約束だけで、書類どころか、合意が確認できる録音もない」

ハルトは気だるげに資料をぱらぱらめくる。

「どっちかが思い違いをしてんのか、嘘を吐いてんのか……そこも不明ってわけね」

「そうだ」

「仮に、広告代理店の担当者がミスをしてた場合でも、うまいこと弁護して、判決が有利になるようにしないといけない。そんな感じ？」

「そのとおりだ。理解が早いな」

ハルトはフッと鼻で笑う。

「解決って意味じゃ、夜の街のトラブルシューターっぽいことしてるしね。まっとうな弁護士センセイはかかわらないタイプの、ドブネズミの食い合いみたいな案件とかさ」

「興味深いが、その話はまた今度聞こう。ところで、私はSNSや動画配信の文化が大嫌いでね。目にするだけで虫酸《むしず》が走る」

「なんかわかる。でも、『弁護士の今日のランチ』とか言って毎日プロテインバーをアップするのは意外と受けるかもよ。ちなみにプロテインバーのおすすめは？」

「カゼイン入りのクランチタイプ」

「あ、キャンプのとき食おうとしてたやつか。そういや、どうしてソロキャンなんてしてたの？　リョーくんが好きそうなタイパの真逆じゃん」

「どうでもいいだろう」

「やっぱさ、心は休みたがってるんだよ」

「黙れ」雑談を断ち切り、話を戻す。「君はインフルエンサー界隈《かいわい》に知見があるのだろう？　さっき、知り合いもいると言っていた」

「シタラックって名前は知ってる。興味ないから観たことないけど」

志波はタブレットを操作して、『シタラックのおべんきょうラッキーチャンネル』を再生する。

赤い蝶《ちょう》ネクタイとメガネをつけた好青年――シタラックが表示された。いわゆるイケメンで、人気アイドルグループにいてもおかしくない。本人もそのあたりを意識しているのだろう。

ホワイトボードの前で、シタラックが陽気なポーズを取り、満面の笑みであいさつをする。

『べんきょうラックラック、シタラックだよ～！　今日もワックワックに問題を解いちゃおう！　よーし、用意はいいかな？　じゃあ、レッツ・スタディーっ♪』

勉強にラッキーもないだろうと志波は心のなかで突っ込みつつ、分析する。

シタラックは見た目が軽いわりに、勉強の解説はしっかりしていて丁寧だ。親子で視聴するコンテンツとしては優良で、動画配信者を毛嫌いしている志波でさえ、彼の人気は理解できる。他の動画を確認すると、知育商品や参考書の紹介などもやっていた。コメント欄には「買ってよかった」「シタラックの勧めるものは間違いない」という親からの感想が並んでいる。

「で、こっちが、広告代理店を批判する動画だね」

ハルトが『広告に物申す』という一本の動画を再生する。

シタラックの表情も声も打って変わり、真摯《しんし》かつ同情を引くような切なさを帯びている。

『NFTゲームの広告に使われるなんて、寝耳に水でした……』

彼の瞳《ひとみ》は、炎上への悲しみと、裏切られた心の痛みで潤んでいる。コメントは九割以上がシタラックを支持している。

ハルトは呆《あき》れたように言う。

「こんなの言ったもん勝ちだよ。こいつが頭んなかで何を考えてるかなんて、動画には映んないし。『広告が信用を損なう』って言い分も、俺なら、合意がなかったことを強調するために使うかな」

志波は冷静に釘《くぎ》を刺す。

「疑ってかかるのはいいが、広告代理店の担当者が誤解している可能性も忘れるな。もし合意が本当になかったならば、戦略を変えなければいけない」

「了解」ハルトは大げさに敬礼した。

「私は代理店側を担当する。君はシタラックを探ってくれ」

「何を調べたらいい？」

「交友関係とプライベートを洗って、広告利用に関する情報を集めてほしい。簡単に言えば、シタラックの隙や弱みを見つけろ」

「へぇ、そんなスタンスなんだ？」

志波は裁判における戦い方を伝える。

「民事訴訟というものは、真実を追求する刑事事件とは性質が違う。戦略と手持ちの武器で勝ち負けが変化する戦闘だ。相手を追い詰めて、最終的に、審判である裁判官の心を摑《つか》んだ者が勝つ」

「なるほど。心を摑むね……。つまり俺向きの仕事ってわけだ」

「調査に関しては、手段は問わない。好きにやってくれ。君のやり方は、事務所の従来のアプローチとは異なる。何より、私が命じたところで、君が従うとは思わない」

「うん、よくわかってるね」

まったくもって不遜《ふそん》な男だ。

「好きにしろとは言ったが、くれぐれも慎重に進めてくれ。一応は、弁護士と契約した調査員という立場だ。私はこの案件以外にも対応すべきことが山ほどあるから、ずっとそばにいるわけにはいかない──」

話しながら、ただならぬ不安が急に鎌首をもたげた。彼の数々の悪事が──窃盗、不法侵入、盗撮、さらにはミネストローネを口に流し込むという暴挙が脳裏をよぎる。もちろん、そういった異常性を有効に使ってくれると踏んで任せたのだが……。

「……本当に大丈夫か？」

「大丈夫だって」

「拉致《らち》監禁や拷問はするなよ」

「するわけないじゃん。俺はヤクザじゃないっての」

懸念は残るが、いまさら迷ってもしょうがない。

「よし。では、期日を切る。一週間で何か成果をあげてくれ。いけるか？」

「やってみなきゃわかんないけど、やるだけやる」

「もし失敗したら、例の画像は削除しろよ」

「じゃあ、成功したら？」

「報酬をやると言っただろう」

「金より、ふたりでキャンプしようよ。寝袋ひとつでね」

「勝手に行くがいい、ソロでな。好きなだけ火を熾《おこ》してろ」

「ほんっと冷たいなぁ。まあいいや、とりあえずシゴトを成功させないとね」

ハルトはタブレットに映るシタラックを指でトントンと叩《たた》く。

「コイツが嘘つきなら、おもしろいことになるだろうね～」

悪魔的に口角を上げるハルト。その顔は犯罪者のそれだ。

「任せたぞ」

志波は祈念しつつ、ハルトに手を差し出した。意外だったのか、ハルトは「おっ」という顔をしたあと、がっしりと手を握った。

「任せな」

＊　＊　＊

一週間が経過し、ハルトと約束した期日が訪れた。

依頼をした日以来、彼は志波の家に帰ってきていない。ただしチャットツールと位置情報アプリでだいたいの状況は把握できていたので、あまり心配はしていなかった。

今日は彼とミーティングをするため、二四時を回る前に事務所を出た。

帰宅すると、リビングではハルトがテレビゲームに熱中していた。テレビ画面ではリアルな等身のキャラクターが撃ち合いをしている。テーブルの上には、見覚えのないブランデーの箱がある。

ハルトは志波に気づくと、ゲームのコントローラーを握ったまま振り返り、「おかえり」と言った。

陣の乱れにも、志波は落ち着いて対処する。

「ゲームと酒はどこから来たんだ」

「ギャンブルで大勝ちした！」

「どんなギャンブルかは知らないほうがよさそうだな」

「そうだね、弁護士の先生はね」

「私に迷惑はかけるなよ」

「大丈夫！　よっしゃ殺した！」ハルトはそう言いながら敵を撃ちまくる。

転がり込んできた当初は、この男を叩き出したいほど煩わしく感じていた。しかし、やり取りを重ねるうちに、どういうわけかそれほど気にならなくなっていた。人は慣れというものによって、何でも受け入れてしまうものなのだろうか。志波は皮肉めいた気持ちとともに、わずかな変化を自覚する。

志波は水を一杯飲むと、ゲームをつづけるハルトに訊《たず》ねる。

「期日だが、成果はあるんだろうな？」

「もちろん」ハルトは敵を撃ちながら返した。

「ではさっそく報告をしてくれ」

「あ、その前に。夜食の準備してあるからね」

「そんなもの頼んでいないが」

「忙しくてロクなもの食べてないでしょ。たぶん、朝と夕方にプロテインバー一本ずつ。青汁をたくさん飲んで健康になった気持ちでいる」

憎たらしいほどに言い当てられた。正直なところ、温かいもので腹を満たしたい気持ちはある。

「夜食は何だ？」

「鶏ガラスープの台湾風のおかゆとか。時間も遅いし、胃にやさしいものにした」

キュル……と志波の腹が鳴りかけ、慌てて力を入れた。まさか、聞かれていないだろう。

「いまリョーくん、お腹鳴った？」

なんという地獄耳だ。志波は顔を背けて、適当にごまかす。

「ゲームの音だろう。騒がしい」

「ふふ、食べながら話そっか。終わらせるから、ちょっと待って」

ハルトは真剣な顔になり、ゲームに集中する。指の動きは信じられないほど高速で、別の生きものが蠢《うごめ》いているようだ。鍛錬の代物なのだろう。

しかし、何がそこまでおもしろいのだろうか。志波は首をかしげる。こういったゲームはやったことがなく、さっぱり理解できない。勝ち負けのゲームならば、裁判で実利を伴う形で戦っており、架空の世界での遊びなど時間の無駄に思えてしまう。

いやしかし、それを言うなら、日常から離れるソロキャンプとは、ある意味で似ているのかもしれない。

「大勝利！　俺天才！」

ハルトが最後の敵を仕留めて、得意げにガッツポーズをした。

「リョーくんもやる？」

「結構だ」

あの指の動きは、とても真似できそうになかった。

「そっか、リョーくん不器用だから、三秒で死にそう……」

「食事とミーティングをするぞ！　準備をしておいてくれ」

言い捨てて、着替えに向かった。

夜食はおかゆと、ほうれん草のごま和え、半熟の目玉焼きという家庭的なメニューだ。

ハルトは塩コショウの瓶を志波の前に置いた。

「目玉焼きにはこれでしょ？」

「……ああ」

なぜわかったのだろうか。昔から、しょうゆでもソースでもなく、たまごそのものを味わえる塩コショウ一択だった。

こういう洞察の鋭さが調査に活《い》きているといいのだが。

食事をしつつ、まずは志波から広告代理店に関する調査結果を報告する。

担当者は志波と同年代だが、大学生の雰囲気が抜けていない男性だった。彼にくわしく訊《き》いたところ、口約束だがやはり合意は間違いないという。彼の話によれば、打ち合わせでシタラックが「素材は渡すから、あとは好きにやっていい。デザインの確認などは不要」と言ったため、作成された広告がそのまま掲載される流れになったそうだ。それをひっくり返されてしまい、担当者は精神的に参っていて、「シタラックの嘘を暴いてほしい」と志波にすがってきた。契約の詰めが甘いのは否めないが、それはまた別の話だ。

「ではハルト、報告してくれ。シタラックのプライベートは洗えたのか？」

志波が促すと、ハルトはタブレットを操作しながら話し始める。

「あいつ、案外ガードが堅いんだよね。ネットにはたいした情報はなくて。まあ、自分に隙がないってわかってるから『広告に物申す』なんて動画を出せるんだろうけど。でも、人里離れた山奥でこっそり制作してるわけじゃないからさ」

と、ハルトはタブレットにシタラックのチャンネルを表示した。理科の実験動画が流れ、ひとりの若い男が助手として道具を運んでくる。そこでハルトは一時停止した。

「この助手のSNSを特定した」

「どうやって？　配信者ではないだろう？」

「うん、一般人で、制作チームのひとり。でも、別の配信者の動画にもちょこちょこ出ててさ。仲間のグループチャットに投げたら、知ってるやつがいた」

「おい、秘密は守ってるんだろうな？」

「もちろん。俺個人の興味として調べてることになってる。それで助手のSNSを探ってたら、これを見つけた」

ハルトは一枚の画像を表示した。どこかのバーを思わせる薄暗い内装で、色鮮やかなカクテルが写っている。添えられた文章には『マリブサーフうまい』とあるだけだ。

「画像の明るさを調整するよー」

「あっ」

見切れているが、シタラックと瓜《うり》ふたつの男性が写り込んでいる。

「店も特定した。代々木《よよぎ》にある『ソラリエット』っていうミュージックバー。シタラックが撮影スタジオに使ってるマンションがすぐ近くにあってさ、客のフリして探ったら、シタラックは常連だった。店はそこそこ広くて、仲間と来てるらしい」

「よく見つけたものだ……」

志波は感心と怖さを覚える。富成の愛人の一件も、ハルトがいたらもっと楽に済んだかもしれない。

ふふんとハルトは笑う。

「このくらいチョロいよ。そんで、店で情報を集めたんだけど、やっぱり裏があった」

「裏？」

「シタラックってじつは最近は人気が頭打ちで、再生回数が激減して……まあ、いいや。これを聴いてみてよ。バーで録《と》った会話。この界隈《かいわい》、ペラペラしゃべる人が多いんだ。表で言えないから溜《た》まってるんじゃない？」

ハルトはスマホに保存された音声を再生した。

バーの喧騒《けんそう》の向こうから、シタラックと親しげに話す女性の声が聞こえる。名前で呼び合う雰囲気からすると、かなり親密な関係、あるいは恋人だろう。

しばらく聴いていると——シタラックの活動にかかわる重要な情報が明らかになった。

志波は思わず膝《ひざ》を打った。

「なるほど。想像以上の成果だ。訴訟に絡む人間は他にもいて、シタラックはフォロワーの支持を得るために、嘘を吐いている。これをうまく使えば、彼の主張の一部を崩せるだろう」

「でしょ」

「しかし、問題もある。隠し録りだな？」

「そうだよ」

「ならば、入手経路の適法性について、相手方はかならず指摘してくるだろう」

証拠の収集において、『毒樹の果実』という法理論がある。主に刑事裁判において重視される概念で、警察が不正な方法で得た証拠は、ほとんどの場合、裁判で使用できない。たとえば、警察が令状なしで家に入って証拠を探したり、許可なく盗聴したりする行為は許されていない——など、基本的には公権力の乱用を防ぐためのものだ。

だが、民事訴訟では、著しく反社会的な手段で取得した場合以外は、原則としてどんな証拠でも裁判で提出が認められる。

ハルトは不服そうに口を尖《とが》らせる。

「でもあんた、『手段は問わない』って言ったじゃんか」

志波は余裕の微笑みを返す。

「君が『毒』だというのは想定済みだ。何にせよ、この音声の内容では、合意があったという証拠にはならない。現状では勝てないだろう」

「じゃあどうすんの」

「別の角度から斬り込む。裏や嘘があるのは確かなのだから、徹底的に掘り起こせ。そのなかから決定打となる証拠を得られればいい」

「それなら任せて。叩《たた》けば芋づるでしょ。たぶんだけど、シタラックは過去にもなんかやってて、そのときは成功してる」

「本当か？」

「バーで聞いた感じ、かなり度胸があるらしいからね。まあ、探っとくよ」

ククッとほくそ笑んだハルトは、いきなり「あ！」と声を上げた。

「どうした？」

「大事なこと忘れてた！」

ハルトは自分の部屋に戻り、大量の紙切れを持ってきた。

領収書の山だ。

「経費でよろしく」

ハルトはおどけた表情で言った。

「こんなにあるのか？」

志波は一枚一枚確認する。

「バーの飲み代が……一〇万円？　ぼったくりじゃないんだよな？」

「毎晩通うとそうなるよ。ひとりで長時間いるのは怪しいから、知り合い数人で行ってたし。シャンパンも入れたし」

「シャンパン？」

「親睦《しんぼく》を深めるために」

「まあいい……バーは理解できる。コンビニの弁当や映画のチケットは何だ？」

「張り込みとか尾行とか」

「アクセサリーは？」

「変装」

「ペットフード？　これはおかしいだろう」

「警察犬みたいな犬を雇ったんだよ」

ハルトは真顔で答えた。志波は嘆息しながらも頷《うなず》く。

「わかった、どこまで本当かは追及しない。結果を出した者を評価するのが、私の方針だ」

総額一五万円。非現実的な経費だが、彼が手に入れた情報の価値を考えれば、認めるほかかない。

しかし、つけあがらせてはならない。このまま放っておけば、そのうち高級車やマンションの購入費を請求してくるかもしれない。そんな危惧《きぐ》を胸に、「金額が五万円を超える場合は先に知らせろ」と告げて、調査の続行を許可した。

「そんじゃ、仕事の話は一段落だよね」と言って、ハルトはブランデーのボトルを手に取った。「飲まない？　これは盗品じゃないから安心して」

「……今日くらいはいいだろう。成果もあったからな」

「そうこなくちゃ」とハルトは指を鳴らし、いそいそとブランデーを注ぐ。

グラスから芳醇《ほうじゅん》な香りが立ちのぼる。志波はひとくち飲む。荒々しく野性的な刺激がのどを焦がした。

ハルトが自慢げにグラスを揺らす。

「どう？　上物でしょ？」

志波は残り香を感じながら、淡々と答える。

「悪くないな」

「あんたが素直に褒めることとって、あるの？」

「……静かに飲ませろ」

その要望は当然のごとく無視され、ハルトによる一方的なインフルエンサー講義が始まった。

「カップルの配信者っているけどさ、恋人に見せかけて、じつはビジネスカップルもたくさんいるんだよ。よく揉《も》めてるけど」

さらにハルトはVTuberについても話を展開していく。一大ビジネスになって市民権を得ている反面、顔出ししていないからこそ、アングラな有象無象が詐欺をやっている例もある、と。

「アカウントが増えすぎて、警察も全然追い切れてないんだよね。騙《だま》された人は、泣き寝入りが多い」

ネットの世界について志波はくわしくないので、今後の参考になるかと思い、興味深く耳を傾ける。だが、ドロドロした人間関係や裏アカウントのゴシップネタが増えてきたので、適当に相槌《あいづち》を打ちながら、他の案件について考え始めた。

するといつしかハルトの声が耳に届かなくなった。

志波はふと隣を見た。ハルトはグラスを片手に窓の外に広がる夜景を眺めており、遠く思いを馳《は》せるような表情をしている。

しばらくして、ハルトは志波の視線に気づいたのか振り向き、唐突に話を切り出した。

「リョーくんは、なんで弁護士になったの？」

志波は怪訝《けげん》に思い、問い返す。

「なぜそんなことを訊《き》く？」

ろう。

「仕事のパートナーとして、気になっただけ」

答える義務はないが、下手に隠して詮索《せんさく》されるよりも、素直に話したほうがいいだ

「うちは法曹一家で、自然とその道に進んだ。それだけだ」

「それだけ？」

ハルトは不思議そうに問い返した。

「それ以上に何がある？」

「法曹界っつっても、いろいろあるでしょ？」

彼の疑問は妥当だ。志波はグラスを傾けながら、自身の過去を思い返す。ブランデーが心をほぐし、いつもよりも饒舌《じょうぜつ》になっていた。

「親に対する反発……みたいなものだろうか」

上昇志向の裏には、常に父の存在があった。偉大な検事である父からは、成果を挙げない者は無価値だと幼少期から教えられつづけた。母もその考えを支持しており、これが志波の人生観を形作っている。いつか父の名声を超えて、自己の価値を証明したいという強い願望が志波にはある。

両親はそう遠くない場所に住んでいるが、目標を達成するその日までは、彼らの顔を見ることはない。実際、高校を卒業して以来、一度も帰宅していない。司法試験合

格の祝福もなかった。受かって当然だからだ。

ハルトは、やや真剣な面持ちになる。

「弱い者を守りたいという気持ちはない？」

弱い者とは、歌舞伎町で見かけた少年少女のような若者を指しているのだろう。社会的には守られるべきだが、志波の立場では異なる。

「クライアントの利益を守り、最大限の勝利をもたらすのが、私の仕事だ」

ハルトは視線を鋭くする。

「クライアントが悪党や犯罪者でも弁護するんでしょ？　そういうのって、どんな気分？」

これはよく世間でも話題になる質問だった。答えは決まっている。

「依頼を受けたら、相手が誰であろうと最善を尽くす。たとえ極悪人でも、不当な量刑を防がねばならない」

「そっか」ハルトはブランデーをひとくち飲むと、妙に冷たい顔をする。

「じゃあ、もし俺が人を殺して捕まったら、弁護してくれる？」

「断る」

「ひどっ」

ハルトはわざとらしく傷ついたふりをするので、志波は半分冗談で問う。

「まさかやってないだろうな？」

「信用なさすぎ」

ハルトは笑って返した。この笑顔の裏に何が隠されているのか、志波は好奇心に駆られる。

「私のことはもういいだろう。次は君について教えてくれ。どこで何をしてきて、なぜ、いまここにいるのか」

「話すほどの過去じゃないよ」

ハルトは答えをはぐらかし、立ち上がった。

「俺、シャワーに行ってくる」

「おい、卑怯《ひきょう》だぞ」

志波が呼び止めると、ハルトは挑発的に口角を上げる。

「じゃあ、一緒にシャワーを浴びながら話す？　俺の裸の写真でも撮る？」

「馬鹿を言うな」

志波は苦笑しつつ、ハルトが後ろ手に手を振りながら部屋を出ていく姿を見送った。彼の逞《たくま》しい背中には、語られていない多くの秘密があるように思えた。

「まったく……」

志波はつぶやき、ブランデーを飲む。腹に落ちていく香りに想いを沈め、彼との今後を思い描く。その情景は、暗闇に包まれた不透明なものでありながら、そこかしこに小さな光がちらついている。果たしてそれは導きの灯火か、それとも警告灯か、まだ志波には見定められなかった。

3章　インフルエンサー訴訟

【志波】

冷たい雨が降りつづけ、裁判所の窓ガラスには水滴が涙のように流れている。

廊下の端で、志波は敗訴の重みに押し潰《つぶ》されていた。事務所の幹部である先輩の弁護士が、志波の肩にそっと手を置く。

「今回は相手が悪かった。君のせいじゃない。重荷を君に背負わせてしまった私に責任がある！」

どんな言葉も慰めにはならない。期待に応《こた》えられなかった自分に絶望し、声が震える。

「もっとできたはずです。もっと……」

「この経験を次に活《い》かせばいい！」

先輩の気遣いが胸をえぐる。人生で初めて味わう痛みに耐えかね、志波はがくりと膝《ひざ》をついた。ザアザアと雨が窓を叩《たた》きつける音が頭に響く。

そこにゆっくりと足音が近づいてくる。顔を上げると、巨木のような老人がククッと低く嘲笑《あざわら》った。

君の負けだ。

ぎょろりとした瞳《ひとみ》で、勝者の傲慢《ごうまん》と敗者への蔑《さげす》みを浴びせられ、志波は息が継げなくなり、苦しみに喘《あえ》いで目を見開いた。

「――っ！」

深夜の静けさのなか、自分の激しい鼓動だけが寝室に響く。

志波は額の汗を拭《ぬぐ》い、恐ろしい悪夢を思い返す。

あれは、一〇〇パーセントの勝率に傷をつけた事件だった。

新人時代、志波は先輩に託される形で、企業の乗っ取り事件を担当した。クライアントのA社は乗っ取られる側で、敵対者は旧財閥系に属するB社であった。

B社はA社の株式を不正に取得するために、株式譲渡契約書を偽造したとされた。重大な犯罪行為であり、志波は勝利を確信して挑んだ。

しかし法廷では、志波が用意した証言や証拠はすべて反論され、相手の主張を崩せなかった。おそらくは、あの老人が権力を振りかざし、見えないところで何らかの圧力をかけたのだ。正義などない、汚い手だ。

敗北の結果、クライアントの会社は乗っ取られた。経営者は追放され、失踪《しっそう》した。

屈辱だった。正当な手段で戦っても、勝たなければ無意味だと思い知らされた。また、そんな強敵を先輩が志波に当てたことには、何らかの意図があったようにも感じられた。しかし、当時の志波が甘かったのは間違いない。

ここ数年、こんな悪夢にうなされたことはなかったのだが……原因ははっきりしている。

ハルトのせいだ。彼と弁護士について語り合ったことが、心の奥底に眠っていた不安を呼び覚ましたのだ。

時計を見ると、深夜二時を指している。志波はふたたび眠ろうと目を閉じるが――瞼《まぶた》の裏に、あの老人が浮かび上がる。

旧華族の末裔《まつえい》であり、政財界のフィクサー、有栖院坊崇康《ありすいんぼうたかやす》。志波の経歴に唯一の傷をつけた人物。

あのとき、志波は自らに誓った。どんな手を使ってでも勝利を摑《つか》むと。

午前五時、いつもの起床時刻。志波は寝不足の身体を奮い立たせ、洗面所へ向かう。

そこでは、ハルトの私物が徐々に領域を拡大していた。歯ブラシ、コップに加え、志波が使ったことのない類《たぐ》いのスキンケア製品が乱雑に置かれている。

「ハァ……」ため息を吐いて、整理整頓《せいとん》する。捨てないのは恩情だ。

もしも自分に恋人がいて同棲《どうせい》していたら、こんなにも物が溢《あふ》れているのだろうか。

そういった経験はないので、あくまで空想の世界だが。

くだらない思索をしながら顔を洗っていると、ゆるいルームウェアを着たハルトがやってきた。寝起きなのか、寝癖がついている。

「おはよー」

ハルトはさわやかな笑顔で、志波にフェイスタオルを差し出す。取ってくれと頼んでいないが、無視すると雰囲気が悪くなるので、志波はタオルを受け取り、無感情に「ああ」と返す。

すると、ハルトは鏡越しに志波の顔をじっと見つめる。

「何だ……」志波は訝《いぶか》しんで問う。

「寝不足？　クマができてるけど。悩みでもあるの？」

体調を気遣いつつも、彼はどこか楽しげだ。志波は悪夢の件は伏せて、当てつけるように言う。

「悩みがあるとすれば、君についてだ」

「そう言うと思った！」

朝から煽《あお》ってくるハルトに対し、志波は彼の私物を指す。

「持ち込むのは許可したが、ちゃんと整理整頓してくれ」

「あれ？　綺麗《きれい》に片づいてる」

「あれ、じゃない。君は料理の盛りつけはうまいのに、こういうのは雑なんだな」

「あ、いま『うまい』って褒めた」

　口が滑った。素知らぬ顔で志波は否定する。

「空耳だろう」

「そうだね」ハルトは勝ち誇ったようにニヤニヤする。「ところでリョーくんって、化粧水以外は全然持ってないの？」

「悪いか？」

「人前に立つ仕事をしてるなら、見た目も大切でしょ？」

　志波はハルトに洗面台を譲り、化粧水を使いつつ、スキンケアについて考える。

　これまで肌の手入れは気にしていなかったが、彼の意見には一理あると思った。激務のために睡眠時間が短く、年齢とともに自然治癒力が落ちていくとしたら、そろそろ肌のケアを始める時機かもしれない。

　顔を洗い終えたハルトに目を向ける。彼の肌はきめ細かく滑らかで、瑞々《みずみず》しく輝いている。彼のほうが若いとはいえ、肌の美しさは認めざるを得ない。

　観察していると、鏡のなかでハルトと目が合った。

「何？」

「あ、いや」

目を逸《そ》らすと、ハルトは美容液を手のひらに出して、志波に近づいてきた。

「ん？」

「ジッとしてて」

ハルトの手がすーっと伸びて、志波の頬にそっと触れ、美容液を塗り始める。

「っ⁉」

息を呑《の》む。心臓が跳ね、言い知れぬ緊張が脳天を貫く。これまでの人生で、こんなふうに男性に触れられたことはない。

ハルトの手つきはやさしく、滑らかに美容液を広げていく。志波はどう反応すればいいのかわからず、されるがまま、顔を差し出している。

やがて、ハルトはそっと手を離し、無邪気に微笑んだ。

「どう？　いい感じでしょ？」

志波は鏡に映った自分を見つめる。肌は潤い、輝きが増していた。

「ま、まあ……そうだな。しかし、触れる前に言ってくれ」

「べつにいいじゃん。手っ取り早いし」

ハルトは言い放ち、自分のスキンケアを始める。

志波は平静を装うも、内心では、珍妙な状況にどぎまぎしていた。男が男に美容液を塗るなど、さすがに普通ではないだろう。しかし、ハルトの手つきはあまりにも自然で、混乱が加速する。志波はただ、美容液がしっとりと肌に浸透してくる感触を味わい、立ち尽くすしかなかった。

ハルトはスキンケアをしながら、志波に声をかける。

「リョーくんは、その化粧水はどうやって選んだの？」

「レビューとコスパで判断したものだが……」

「やっぱね。それでもいいけど、自分に合ったものを探すといいよ。一回、肌診断してもらったら？」

「……肌診断？」

「百貨店のメンズコスメ売り場でやってるから、暇なときに行ってみたら？　数値が改善されるのとか、リョーくんは好きな気がする」

なるほど、少し気になる。

しかし、いまは肌よりも訴訟対応を優先すべきだ。万が一にも負けたら、肌どころではなく、すべてが台無しになる。

インフルエンサー・シタラックと争う最初の法廷は、まもなく開かれる。

＊　＊　＊

シタラックこと設楽巧巳による訴訟は、第一回の口頭弁論期日を迎えた。

とはいえ、この日は双方の主張を確認するだけの事務的な手続きで、時間は一〇分以内で終わる。

東京地方裁判所・七二九号法廷は開廷時間となり、裁判官が入廷。

「令和六年（ワ）第六一九一八号、損害賠償請求事件、原告、設楽巧巳、被告、株式会社永禄広告社」と廷吏が読み上げる。

原告である設楽巧巳は、自らの代理人弁護士とともに出席し、事前に提出された訴状を陳述した。

一方、被告の広告代理店と志波は欠席した。

欠席しても、法律的に何ら問題はない。第一回口頭弁論期日は、原告側が勝手に日程を設定するなどの理由から、出席は義務ではないのだ。単なる確認のためだけに裁判所へ足を運ぶことは非効率である。

今回のように欠席する場合、事前に答弁書を提出していればよい。それで陳述されたとみなされる。

志波が作成した答弁書には、被告の立場からの説明と主張が記されている。

第一　請求の趣旨に対する答弁

一　原告の請求を棄却する。

二　訴訟費用は原告の負担とするとの判決を求める。

第二　請求の原因に対する認否

一　原告がパブリシティ権を有する点は、特段争わない。

二　パブリシティ権の侵害は、否認または争う。追って抗弁（利用許諾の抗弁）として主張するが、原告と被告は利用許諾契約を締結した。なお、原告は同契約が締結されていない旨述べるようであるが、原告と被告担当者の面談時に同契約が成立した。詳細は追って主張する。

三　広告の内容は、同利用許諾契約に基づくものであり、同契約の違反はなく、また、原告の信用や名誉を毀損《きそん》する態様のものでない。

四　損害の発生及び損害額は、否認する。原告は、具体的な損害の立証を一切していない。

こうして最初の法廷は、次回の期日を調整するだけで終わった。実質的には顔見せという他ない。

勝負の場は、約一か月後に設定された『第二回口頭弁論期日』となる。そのときまでに『隠し録りの音声』以外の決定的な証拠を見つけ出し、情報を徹底的に精査し、戦略を固めねばならない。しかし、志波はこの案件だけではなく、別の大型訴訟も抱えており、多忙をきわめている。

この重要な局面で鍵《かぎ》を握っているのは、依然として謎多き男、ハルトだった。

＊＊＊

第一回口頭弁論から二週間が過ぎ、一〇月に入ると、街は秋の色を帯びてくる。日は早く沈み、虫の音がチリリと鳴る。

大型訴訟についての会議を終え、志波は帰宅した。

ハルトの姿はどこにもない。

最近、彼は調査のために家に帰らないことが増えていた。ソファでぬくぬくしている家猫ではなく、獲物を探しまわる山猫のように自由気ままにしている。

彼が不在のあいだ、家は以前の姿を取り戻す。

煩わしかったはずが、いなくなると、なんとなく寂しい感じもする。

まったく、慣れとは怖いものだ。

温かい手料理のかわりに、プロテインバーと青汁で栄養を摂《と》り、持ち帰った資料に目をとおす。

静かな夜、次の法廷に向けた準備を進める。

作業の合間に、ハルトはどこにいるのだろうかと、位置情報アプリをチェックする。いまは新宿二丁目あたりをうろうろしている。メッセージで状況を確認する。

《余裕》

その返事を志波は信じるしかない。しかし、もう少し、彼の考えや現状を把握できるといいのだが。

ふと、彼はSNSのアカウントを持っているのではないかと思った。

だが、すぐにその思いを振り払う。アカウントを突き止めるのは困難で、仮に見つけたとしても、万が一、自分のことが書かれていたらどうする。想像すると身の毛がよだつ。知らないほうがいい。

「毒か……」

志波は独りごちた。ハルトを雇ったとき、彼の毒性は理解していた。しかしいま、毒は調査の範囲を超えて、日常にもじわじわと浸透してきている。

試用期間は彼の能力を評価するだけでなく、彼の影響をどれだけコントロールできるか、自分を見極める機会でもあるのかもしれない。そう考えながら、志波は隠し録りの音声をあらためて再生する。

バーの喧騒《けんそう》が部屋に広がり、志波はよりいっそう孤独を感じた。

【ハルト】

新宿二丁目にある会員制のバー『夜桜ミラージュ』。わずか一〇席の狭い店内には、さまざまな人生を歩んできた男たちが集い、カラオケを楽しみ、くだらない雑談で盛り上がっている。

カクテルをシェイクしているマスターの磨沙雄《まさお》は、整髪剤で固めた短髪とがっちりした肉体が特徴のダンディな五五歳。おだやかな性格で客から信頼されている。

ハルトはカウンター席でグラスを傾け、軽食をつまむ。インフルエンサーの調査はまだ終わっていないが、息抜きも必要だ。シタラックは案の定、埃《ほこり》まみれで、訴訟の内容以上におもしろくなりそうだと楽観している。

「ねーえ、ハルト君」

磨沙雄に話しかけられた。彼は見た目と違って、言葉遣いは女性的で柔らかい。

「新しい男の家で暮らしてるって聞いたけど、どうなのよ？」

「ああ、ちょっと変わった堅物」

志波との約束は守り、相手が弁護士であることや訴訟の件は秘密にしている。

他の客たちが話に参加してくる。

「また新しい男？」

「そう。みんなこういう話、好きだねー」

常連客のひとりが茶化す。

「その男、あっち側なんだろ？」

ハルトは、やや意地悪く返す。

「さあ？　たぶんね。彼はまだ俺がこっちって気づいてないかも」

客たちは苦笑いを浮かべる。

「おいおい大丈夫か？　お互いにさ」

ひとりの客が気遣うと、ハルトはフッと鼻で笑う。

「好きとかじゃないし、ただの遊び。居心地よくて、いじりがいがあるんだよね」

みんな呆《あき》れた顔をした。そのリアクションは当然だ。ハルトはこれまでにもいろいろな男の家に転がり込み、飽きたり揉《も》めたりしたらさっさと出てきた。根無し草のハルトにとって、それは生きるための手段であり、同時に娯楽でもあった。

ただ、志波はこれまでに出会った男たちとは、ひと味もふた味も違う気がしていた。見た目のよさや知性だけでなく、何かが心のひだに引っかかる。ことあるごとに対抗心を燃やしてくるのがおもしろいのかもしれない。また、志波のきわめて利己的な姿勢は、どこか自分に似ているようにも感じる。そして『氷の法王』と恐れられていても、髭面《ひげづら》から自分を匿《かくま》ってくれたようなやさしさがある。そんな彼をもっと知りたいからこそ、仕事を手伝っていた。

客たちはわいわいと失恋話で盛り上がる。

「遊びだと割り切っていても、いつのまにか本気になってることだってあるからね。あっち側の人に惚《ほ》れちゃったら、それこそ地獄だよ」

ひとりが言うと、他の客も共感する。無理に手を出せば嫌われるし、手を出さなければどうにもならない。たいていの場合は報われず、悲惨な結末を迎える。

「マスターも大失恋した経験あるんでしょ？」

壮年の客が問いかけると、磨沙雄は眉《まゆ》を曲げ、頭を掻《か》く。

「そうなのよ。あの恋が、このバーを開くきっかけになったことが唯一の救い。当時はもう何にも手につかなくてねぇ～」

「ハルトも気をつけろよ。余裕ぶっていても、恋は人を変えるから」

壮年の客は人生の先輩としてアドバイスを送る。

アハハとハルトは笑い飛ばした。

「ハマるわけないでしょ。逆ならあるかもしれないけど」

「ハァ、若さってやつかねぇ。何でもいいけど、その人に迷惑かけないようにしなよ」

「迷惑どころか、めちゃくちゃ役に立ってやってるよ。仕事に手を貸して、俺の手料理で顔色もよくなってるし」

「へぇ」

いいかげん話を切り上げたくなり、ハルトは磨沙雄に注文をする。

「ポテト山盛りでちょうだい」

そのとき、ハルトのスマホにメッセージが届いた。見ると、歌舞伎町のアカネからだった。

《ヤバい。ユウくんがピンチ。パパ活で揉めてる。助けにきて！》

「まったく、気をつけろっつったのにー」

ハルトはぼやいて返信する。

《すぐ行く。どこ？》

《区役所裏！》

スマホをポケットにしまい、ハルトは磨沙雄に声をかける。

「ごめん、ポテトはみんなにあげて」

「おっけー。ツケとくから行ってらっしゃい」

磨沙雄はすべてを理解している。飲んでいる途中にトラブルで呼び出されるのは、日常茶飯事なのだ。

店を出て五分も走ると、新宿区役所の裏に着いた。焦った様子のアカネと合流し、ハルトは訊《たず》ねる。

「ユウは何しちゃったワケ？」

「知らないけど、おっさんに怒鳴られててヤバい感じ……！」

彼女に連れられて北に向かう。ハルトの脳裏に、ユウの華奢《きゃしゃ》な姿が浮かんだ。乱暴されてなければいいのだが。

裏通りを抜け、ラブホテル街に差しかかる。

道の端でユウとサラリーマン風の男が対峙《たいじ》していた。

男はいまにも手を出しそうなほど詰め寄り、建物の壁を背にしたユウは明らかに怯《おび》えている。ユウの髪は乱れ、Tシャツの襟が伸び切っている。ハルトは一気に酔いが醒《さ》めた。

「おい！」

ハルトは急いでユウと男のあいだに割り込む。男は五〇代くらいで、頭髪は薄く、顔は脂ぎっている。頬は赤く、酔っているようだ。

男は不機嫌そうにハルトに目を向ける。

「誰だお前？」

酒臭い息を吐きかけて、睨《にら》んでくる。だが相手は背が低く、ハルトが見下ろす形になるので、すごまれてもまったく迫力はない。

ハルトは相手をなだめようと、柔らかく声をかける。

「どうしたんですか？」

「あぁん、お前には関係ねぇだろ」

泥酔していて話にならない。ハルトは後ろを振り向き、身を縮めているユウに訊ねる。

「トラブったんだって？　ウリで？」

ユウは小さく頷《うなず》き、途切れ途切れに言う。

「最初は、服を着たまま、プチって話だったのに、ホテルに入ったら違うことを言い出して……。強引に服を脱がしてきて……。だから逃げたんです……」

よくある手だ。ただ、経験の浅そうなユウには予測できなかったのだろう。

「お金はもらってないから……」とユウは付け加えた。

「こっちはホテル代を払ってんだよ！」

いきり立つ男を、ハルトはなだめる。

「そんな怒鳴らないで」

「だからお前は何なんだよ！　どけ！」

「ハァ……」

面倒くさい。この男は約束を破って食おうとするタイプの人間で、しかも頭に血がのぼっている。まともに相手をしても追い払えないだろう。こういう迷惑な輩《やから》は、脅すくらいでちょうどいい。

ハルトは背後にユウを隠して、男と対峙する。

「ねえ、お兄さん。騒いでたら警察が来ますよ。それはうれしくないよね？」

言いながら、ハルトは威圧的に一歩踏み出す。

「っ……」男は小さく後ずさりする。

「あなた、さっきホテル代がどうこう言ってたけど、こいつのTシャツ、いくらか知ってる？　三万円するんだよ」

「は、三万……!?」

ハルトはユウのTシャツに描かれたコウモリのイラストを指差す。

「アメリカのラッパー、BIGバットDの限定コラボ。襟がひどいことになってるけど、あなたが引っ張って伸ばしたんだよね？」

「そ、それは……」

男は逃げ腰になっている。

「で、ホテル代はいくらなの？　なあ？」

もう一歩詰め寄ると、男は舌打ちをして小走りで逃げていった。

ハルトはユウに目を向ける。

「大丈夫か？」

「はい……」

ユウはホッと息を吐いた。ハルトは、彼の乱れたTシャツに触れる。

「べろべろになっちゃったな」

「あの、この服、三万円じゃなくて、五〇〇〇円なんだけど……」

「知ってる」

ハルトがクスッと笑うと、ユウは困惑する。

「え？　でも……」

「さっきのおっさん、服や音楽なんて全然わかんなそうだったから」

「あっ、そういうこと……？」

ユウはハッタリだったと気づいたようだ。

「逃げるときに金を落としてくヤツもいるけど、残念だったね」

「いえ……本当にありがとうございます……」

かしこまるユウの目をしっかりと見て、ハルトは真剣に語りかける。

「これからはもっと気をつけて。お前みたいなヒョロッとした感じだと舐《な》められるから。さっきのクズよりヤバい連中はゴロゴロいるよ。睡眠薬で眠らせてくるやつとかさ」

ユウはごくりと唾《つば》を飲み、頷いた。

ハルトは、近くで見守っていたアカネに手を振り、「もう大丈夫」と合図を送る。

アカネは軽く手を振り返し、夜の街に消えていった。

ハルトはふたたびユウと向き合う。

「金がないの？」

「うん……」

「困ったら相談してって言ったじゃん」

「すみません……」

この手の子どもを放置すれば、どんどん堕《お》ちていく。たとえば、人身オークションに出ていた男たちのように。それよりはマシに生きてほしくて、ハルトはユウに提案する。

「いい仕事があるんだけど、やらない？」

「仕事？」

「とあるインフルエンサーに関する情報集め。経費で何でも買っていいし。他の子にも手伝ってもらってるから安心していい。条件は、秘密を守ること。どう？」

ユウは自信なさそうにためらう。

「僕にできるかな……」

「できなくてもいいよ。ペナルティとかないから」

「ん……じゃあ、やります」

「オッケー。取引成立っ」

ハルトが握手を求めると、ユウは細い手で握り返した。そして、ハルトは仕事の話をする前に、気になっていることを訊《たず》ねる。

「ところで話は変わるけど、あのおっさん相手に、ウリをしてたんだよね？」

「は、はい……」

ユウの瞳《ひとみ》が揺れた。そこに触れられたい者はいないだろう。ハルトは彼の気持ちを尊重しつつ、自ら明かす。

「誰かから聞いてるかもしれないけど、俺もそっちだよ」

ユウはハッと目を見開く。ハルトとしては、無理に答えてもらうつもりはない。ただ、彼が悩んでいるならば、力になりたい。

「二丁目に、駆け込み寺じゃないけど、安心できる場所があるんだ。マスターはめっちゃいい人で、飲み食いさせてくれる」

「でもお金が……」

「俺のツケでいいから。仕事の成果で返してくれたらいいよ」

ハルトがニッと微笑むと、ユウはペコリと頭を下げた。

「いろいろありがとうございます……」

「じゃ、いまから行こっか。未成年だから、バーだけど酒はなしね」

ユウと夜の街を歩きながら、ハルトはふと考える。もし今後、誰かが手に負えないトラブルに巻き込まれたら、志波に弁護を頼むこともあるかもしれない、と。

とりあえず、今回の案件で様子を見させてもらうつもりだ。試用期間の契約をしたが、それはハルトにとっても同じだった。

【志波】

一〇月半ば、いよいよ第二回口頭弁論期日となった。この裁判はネット上で大きな話題となり、傍聴は抽選となっていた。

開廷時間の午前一〇時を前に、志波は戦場へと赴く将軍のごとく、堂々と東京地方裁判所に入った。徹底した調査で武装し、勝利への道筋はできている。

七二九号法廷の傍聴席には、メディア関係者や興味本位の野次馬、そしてシタラックのファンたちが大勢詰めかけた。

傍聴席でひときわ目立つのは、最前列に座っている若い女性——原告側の証人である美容系インフルエンサー・キヨミーだ。彼女が証人であることは志波には事前に知らされており、彼女の情報は入手済みだった。

キヨミー、本名は清沢《きよさわ》美月《みつき》、二四歳。シタラックに比べると知名度は低い。数万人のファンはついているが、数多くのインフルエンサーに埋もれていると言っても過言ではない。配信活動だけでは稼げていないはずだ。

しかしなるほど、さすがは美容系インフルエンサー。証人に服装の規定はとくにないとはいえ、法廷に似つかわしくない派手なメイクとファッションで自分を表現するとは。どうやら裁判官の心証は二の次らしい。まったく恐れ入る。

また、傍聴席の片隅にはもうひとり、気になるあの男が座っている。

メガネとマスクで簡素な変装をしたハルトだ。傍聴席の抽選に当たったらしい。志波は通常、法廷では緊張などしないが、彼の存在はいつもとは異なる空気を生んでいる。

視線がぶつかっても、ハルトは表情を変えず、互いに他人を装う。まるで彼に審査されているかのようだと志波は思う。

法廷正面の裁判官席に向かって右側、被告代理人席に志波は座った。そして、傍聴席の前方でかしこまっている永緑広告社の担当者と目を合わせ、任せなさいと頷《うなず》く。彼は今回の件で、上司から厳しく叱責されたようだ。しかし契約に隙を作ったのは彼自身であり、同情の余地はない。

もちろんどんな状況下でも、志波の目的は同じ。

クライアントに利益をもたらすことである。

志波は、法廷の向かい側にある原告席に目を移す。

シタラックこと設楽巧巳は、重要な会議に挑むかのような顔つきだ。トレードマークの蝶《ちょう》ネクタイやメガネはつけず、シックなスーツを身に纏《まと》っている。キヨミーとは対照的だ。陽気なシタラックの面影はどこにもなく、そこには設楽巧巳というひとりの人間がいる――ように見えるが、志波はそのままは受け止めない。日頃からキャラクターを演じている彼にとっては、これも一種の演技なのだろう。

だが本日は、じつは彼の役目は少ない。証言台に立ってしゃべるのは証人のキヨミーであり、弁護士を代理人に立てた彼は、ただ原告席に座っているだけだ。

シタラックの隣に座る代理人・武浜俊康《たけはまとしやす》は志波よりもひとまわり年上で、几帳面《きちようめん》に筆記具を整えている。ちなみに志波は、彼が事前に提出した書類の内容や文面から、彼の性格や実力を推し量っていた。

武浜弁護士は志波に軽く会釈をした。志波は無表情で会釈を返す。これは宣戦布告である。同業者であっても、この場においては敵だ。

シタラックのラックは幸運のラックだという。だが法廷においてラッキーはない。

「起立！」

午前一〇時半、廷吏の号令に合わせて、法廷内の全員が立ち上がった。そして、入廷してきた裁判官は厳然たる歩調で、正面中央の席に着く。その後、全員が着席し、廷内は水を打ったような静けさに包まれた。

額に皺《しわ》を刻んだ裁判官は、神妙な面持ちで宣言する。

「審理を開始します」

まずは、準備書面の陳述と証拠の提出を確認することから始めるが、これは形式的な作業にすぎない。本格的な議論は、次の主尋問から始まる。

「では、証人調べを行います。証人は出廷していますか」

裁判官の問いかけに対し、原告代理人の武浜弁護士が明朗な声で答える。

「はい、在廷しております」

「それでは、証人は入ってください」

傍聴席の美月が立ち上がり、証言台に向かう。彼女の表情には決意が見て取れる。

証言台に着いた美月は、裁判官から人定質問を受ける。

「名前は何ですか？」

「清沢美月です」

「職業は？」

「インフルエンサーです」

――など、よどみなく答え、身分の確認が終わる。その後、裁判官から宣誓をするように指示される。

美月は深く息を吸い込み、宣誓書を読み上げる。

「宣誓、良心に従って、真実を述べ、何事も隠さず、偽りを述べないことを誓います」

　これにより、もし彼女が虚偽の陳述――自己の記憶と異なる事実を述べれば『偽証罪』が適用される。悪質ならば、三か月以上一〇年以下の懲役に処される可能性がある。一方で、事件の当事者（原告、被告）が虚偽の陳述をすると、民事訴訟法二〇九条にもとづき、一〇万円以下の過料が課される場合がある。

　裁判官が指示を出す。

「では、原告代理人、主尋問をどうぞ」

　これから武浜弁護士が美月に対して、原告側の主張を肯定する質問をしていく。志波からすれば相手のターンであり、しばらくは分析に徹して、隙を突くための刃《やいば》を磨いておく。

　武浜弁護士が美月に問う。

「原告代理人からお訊《たず》ねします。あなたは原告の設楽巧巳さんを知っていますか？」

　美月は武浜弁護士に返答するのではなく、正面の裁判官に向けて答える。

「彼は知人で、インフルエンサーの仲間です。以前にコラボ動画の配信をしました」

　知人か、と志波は心のなかでつぶやいた。

　武浜弁護士は美月への尋問を粛々とつづける。

「広告の契約について伺います。被告の主張では『口頭での合意にもとづいて進行し、契約書は後日に締結する予定だった。口頭で合意したのは、令和六年七月八日だった』とのことですが、原告はどのように言っていましたか？」

「設楽さんは、はっきり断ったそうです」

「原告は、広告の無断利用をどのように知ったのですか？」

「WEBに掲載されていたものを私が見つけて、彼に教えました。その時点で、SNSではちょっとした話題になっていました。悪い意味での話題です」

美月はしっかりとした口調で、はきはきと答えている。しかしこれは彼女の能力とは関係ない。武浜弁護士とは事前に打ち合わせで質問を決めており、彼女は計画どおりに受け答えしているだけだ。だから言葉に詰まることも、迷うこともない。

また、法廷での尋問自体も練習しているだろう。大手法律事務所には裁判のリハーサルを行うための模擬法廷が設置されていることが多く、志波も必要があればそこでシミュレーションをする。

無論、一般人であれば、いくら準備をしても緊張するだろうから、彼女の堂々とした態度はさすがだと志波は評価する。

武浜弁護士は事務的に質問を重ねていく。

「広告の無断利用について原告が知ったとき、何と言いましたか？」

「『寝耳に水で、写真や名前を勝手に使われた』と怒っていました」

永禄広告社の担当者は、悔しげに唇を噛《か》んでいる。彼の立場からすると、原告側の主尋問は聞くに堪えないものだろう。だが、いまは耐えるしかない。被告側の主張はいっさい無視して、武浜弁護士による主尋問はつづく。

「原告が広告契約をするときは、どのように契約を交わすのですか？」

「かならず契約書を交わします。口約束はありません。設楽さんだけでなく、私もそうです」

「今回の件で、原告の人気や信用に、どういった影響があったのでしょうか？」

「私の知る限りでは、ファンや視聴者に対して、マイナスの影響があったと思います」

「それはなぜですか？」

武浜弁護士が問うと、美月は悲しげに眉《まゆ》を下げる。

「彼は子ども向けの教育コンテンツを提供しているので、射幸心を煽《あお》る広告がイメージに合わないと感じた人も多かったんです。私自身、最初に広告を見つけたとき、すごく違和感を抱きました。それで彼に連絡を取りました」

裁判官は彼女を注視し、一言一句を丁寧に聞き取っている。

武浜弁護士はさらに掘り下げて美月に訊《き》く。

「広告の無断利用によるマイナスの影響について、もう少し具体的に説明していただけますか？」

「彼のＳＮＳには、広告内容に疑問を抱くコメントが殺到し、炎上しました」

「炎上とは何ですか？」

「たとえば、『金儲《かねもう》け目的のゲーム広告は、教育者として相応《ふさわ》しくない』や『子どもが勝手にゲームをインストールしてしまった』という批判で埋め尽くされました。この件で彼は精神的に不安定になり、私に相談を持ちかけてきました」

このやり取りには、表面的な内容以上の、ふたつの意図がある。

ひとつは、シタラックの活動内容とＮＦＴゲームとは親和性がなく、彼が契約を結ぶ理由がない点を浮き彫りにすること。

もうひとつは、設楽の精神不安を強調し、彼が公開した『広告に物申す』という動画をフォローすること。広告社に対する非難は諸刃《もろは》の剣であり、武浜弁護士にとっては厄介なものだと志波は判断している。

志波は設楽に目を移し、じっくりと観察する。

彼はまるで悲劇の主人公のように、美月の証言に合わせてさまざまな表情を見せる。時に頷《うなず》き、時に眉間《みけん》にしわを寄せ、頭を抱える場面もあった。動画配信で磨かれた演技力がここでも発揮されているのは明らかだ。陰りのある顔も絵になり、傍聴席にいるファンは、すっかり信じているだろう。

「――私の尋問はこれで終わります」

武浜弁護士は着席した。主尋問が終わり、美月は少しばかりホッとした様子で、胸に手を当てた。

しかし、安堵《あんど》するにはまだ早い。

ここからが本番だ。リハーサルどおりにはいかない。

裁判官は美月に告げる。

「被告代理人の反対尋問に移りますが、そのままつづけて大丈夫ですか？」

「はい」

美月はしっかりと頷き、裁判官は志波に指示する。

「それでは、被告代理人の尋問を始めてください」

「はい。被告代理人、志波令真より、尋問をいたします」

志波はゆっくりと立ち上がる。

反対尋問の目的は、彼女の証言の信頼性を揺るがすこと。彼女に疑問を投げかけ、虚偽があれば暴き出し、隙があれば斬り込む。裁判官や傍聴者を視聴者代わりに、アドリブ力の問われるライブトークをやってもらおう。

静かなる威圧が美月に伝わったのか、彼女は口もとに手を当て、大きく息を吐いた。

では、始めよう。

志波はメガネのブリッジを指先で直し、反対尋問を開始する。

「まず、原告とあなたの関係性を再確認させていただきます」

「はい」

「あなたは先ほど『原告の知人』と発言しましたが、おふたりは『恋人』であるという噂があります」

美月の頬がピクリと動いた。同時に設楽は一瞬、目を泳がせた。傍聴席からは息を呑《の》む音が漏れる。これはハルトが持ってきた情報だ。ふたりの反応からするに、どうやら事実らしい。

志波は美月を見据える。

「噂というより、公表されていない事実と言ったほうが適切でしょうか。さて、おふたりの関係性について、より具体的に教えていただけますか」

「言う必要があるんですか」

美月はとげとげしく答えると、裁判官や武浜弁護士に向けて、意見を求めるような視線を投げた。そこで志波は間髪をいれずに説く。

「ここは法廷です。公の場で明かしたくないお気持ちは理解できますが、関係性の深さは証言の信ぴょう性に影響を与えます。何事も隠さず、真実をお答えください」

宣誓書と同じ文言をぶつけた。言わねば偽証罪にあたるという圧をかける。

「っ……」

美月は志波をキッと睨《にら》み、ひと呼吸置くと、裁判官に向かって言う。

「恋人の定義はよくわかりませんけど、知人というよりは、もう少し深い仲かもしれません」

微妙なニュアンスを含み、断言を避ける回答だ。突発的な質問への対応は、ライブ配信で慣れているのだろう。

しかし志波にとっては、彼女の答えは問題ではなかった。それよりも、ハルトから事前に得ていた情報――『彼女は煽られることに弱い』という推測が確信に変わるのを感じた。

志波は質問をつづける。

「広告の無断利用につきまして、原告にはマイナスの影響があったとのことですが、あなたたちに対する世間の注目度には、どのような変化がありましたか？」

「……質問の意味がわかりません」

「原告が提訴し、さらにあなたが証人として出廷することが公となった結果、おふたりの動画の視聴回数やフォロワー数が増加したというデータがあります。これはマイナスですか、それともプラスですか？」

「裁判長！　異議あり！」

武浜弁護士が鋭い声を上げた。廷内の注目が彼に集まる。彼は裁判官に向かって異議を申し立てる。

「ただいまの質問は、本件とは無関係です。証人と原告のプライベートや、動画の注目度は、広告の無断利用や契約の有無とは直接的な関連がありません」

「異議を認めます」

　裁判官は志波に告げる。

「被告代理人。質問は直接関連するものにしてください」

　志波は黙って頷き、受け入れる。先ほどの質問は無関係ではないのだが、外堀を埋めていただけなのでかまわない。

　志波は尋問を再開する。

「代々木に『ソラリエット』というミュージックバーがあります」

　志波の言葉に対し、美月は無反応を装うが、彼女の指先のわずかな動きを見逃さなかった。

「そこは、あなたと原告がよく訪れるお店ですね」

「はい」

「私の知人がそのバーに行ってましして、おふたりの会話を偶然、録音したようです」

「えっ」美月の頬に動揺が浮かんだ。

「ここに録音された音声があります。その一部を再生します」

　志波は言いながらポケットから再生機器を取り出し、再生ボタンを押す。

バーの喧騒《けんそう》の向こうから、男女の声が断片的に聞こえてくる。

「――想像してた以上に燃えてるな……大丈夫かな」

「私、証人として呼ばれてるから、適当に言うよ。巧巳はメンタルやられたフリしてればいいって、コンサルの人が言ってたでしょ」

「美月ってマジ度胸あるよね」

「アハハどっちが！」

「あれはバレないからさ」

「でも巧巳は楽でいいなぁ。法廷でしゃべんなくていいんだもん。弁護士が全部やってくれるなんてさ」

「でも、アドリブは配信で慣れてるじゃん」

「あなたこそ、子どもの質問は斜め上だって笑ってたよね――」

法廷の雰囲気は一変した。シタラックのファンたちは困惑の表情を隠せない。

志波は相手方を観察する。

美月は青ざめて視線を泳がせ、設楽はまるで蠟《ろう》人形のように硬直している。武浜弁護士は、いきなり音声証拠を出したことを諫《いさ》めもせず、呆然《ぼうぜん》としている。ふたりの企《たくら》みをまったく知らなかったのか、それとも企みを知っていて、暴露されたことに驚いているのか。どちらかは志波には判断できない。

志波は録音内容について、美月に訊《たず》ねる。

「こちらは、あなたと原告の会話ですね。名前も呼び合っていましたから、そうでしょう。それでは内容について伺います。まずひとつめ。『適当に言う』とは、具体的に何を意味しますか？」

美月は苦しそうに口を開く。

「あ、あれは、ちょっとした冗談です」

「冗談だったとしても、重大な発言です。これは私の推測ですが、『あなたが法廷で適当な証言をする』という意味ですよね。単なる冗談として片づけてしまっていいのでしょうか」

「ええと……」

美月は返答に窮し、下を向く。傍聴席からはざわめきが起こり、裁判官が「静粛に」と命じる。そのとき志波は、ふとハルトに目をやった。

彼は相変わらず無表情で、すっかり傍聴者に溶け込んでいる。しかし、きっと内心では己の成果をよろこんでいるに違いない。経費は法外だったが、それだけの価値はあった。

傍聴席のざわめきが収まると、志波は質問を再開する。

「さて。次は『メンタルやられたフリをする』という発言につきまして。原告の『広告に物申す』という動画が演技である可能性を示唆しています」

「異議あり！」

　武浜弁護士が焦った顔で立ち上がった。

「先ほどの音声証拠について、『入手経路の適法性』を問いたい。あれは隠し録りの音声ではないか？」

「あらためて申し上げますが、『私の知人が、偶然、録音したもの』です」

「偶然かどうかは関係ありません。正当な手段で得られた情報でなく、さらに本人たちの発言であることを証明する証拠もないため、証拠能力に疑問があります！」

　声を荒らげる武浜弁護士に、志波はすらすらと反論する。

「音声証拠が否定される場合は、『著しく反社会的な手段を用いて、人の精神的肉体的自由を拘束する等の人格権侵害を伴う方法によって採集されたもの』であるときです。しかしながら、『バーという開かれた場所で録音された会話』は、それには該当しません。また、『本人たちの発言だという証拠はない』という指摘ですが、先ほど、彼女が自ら『冗談だった』と認めていますね」

　美月はハッと口を手で隠した。

「っ……」

「したがって、証拠としての価値は否定されません」

憮然《ぶぜん》とした武浜弁護士を横目に、志波は裁判官に問う。

「音声証拠は、適法に入手されたものと評価していただけるでしょうか？」

裁判官はしばし考えてから言った。

「反訳ではない音声については検討が必要です。ただし、証言に対する影響は否定できません。被告代理人は引きつづき、尋問をしてください」

隠し録りの音声が証拠として一時的に受け入れられ、原告側の状況は厳しくなった。また、これを認めるということは、裁判官の心証も明らかにこちらに傾いているということだ。

武浜弁護士は悔しそうに口を引き結んで着席した。

志波のターンはつづく。

「では、質問をします」

いまにも崩れそうな美月に対して、志波は容赦なく斬り込む。

「発言に出てきた『コンサル』について伺います。『メンタルやられたフリ』という発言は、『コンサルが言っていた』とのことですが、それは間違いないですね？」

「はい……」

もう逃れられないとわかったのか、美月は素直に認めた。

「コンサルとは具体的にどういう人ですか？」

「あの……メディアコンサルタントです。動画のネタとか宣伝とかを考えてくれる人で……」

その人物は、ハルトからの情報で特定済みだ。しかし今回の争点においては、コンサル本人は関係ないので志波は触れない。重要なのは、三者のやり取りだ。

「あなたと原告は、コンサルから、他にどのようなアドバイスを受けましたか？」

「え、っと……」

彼女の声が震えたそのとき――

「異議あり！」

武浜弁護士の大声が廷内に響き渡った。

「証人のインフルエンサーとしての活動は、本件の争点とは関係ありません！」

彼の表情からはすっかり余裕がなくなっている。

ここで裁判官は異議を認めて、志波に注意する。

「被告代理人。証人についての話は控えなさい」

「はい」

かまわない。これまでの尋問で、設楽と美月の信用は大きく損なわれただろう。そこで志波は新たな一手として、矛先を設楽に向ける。

「では次に、『中津《なかつ》彩《あや》』という女性の名前を挙げさせていただきます」

設楽の顔が、ぐにゃりと歪《ゆが》んだ。

志波は、手元の資料から一枚の書面——中津彩の陳述書を取り出し、法廷に提示する。

「中津さんは、原告の元恋人です。この書面には、原告との過去の関係、および、広告使用に関する重要な証言が含まれています」

「裁判官！」

武浜弁護士は金切り声で訴える。

「その書面は、これまで明らかにされていませんでした！　証拠としては認められません！」

彼の指摘は正当だった。通常、書面は事前に提出すべきものだ。

裁判官は志波に向き直る。

「被告代理人、書面についての説明を求めます」

「これは、中津さんから直接いただいたものです。証人、清沢美月さんの陳述の信用性を争うための弾劾証拠ですので、ここに提出いたします」

「なぜ、時機に遅れたのですか」

「中津さんが、直前まで証言をためらっていたからです」

志波が端的に説明すると、裁判官は頷《うなず》いた。

「書面に関して、弾劾証拠かどうか確認します」

志波は裁判官に書面を渡す。裁判官は一読し、眉《まゆ》をひそめた。結論が出るまでのあいだ、廷内は緊迫する。

やがて裁判官は顔を上げた。

「こちらには、証人の証言を弾劾する内容が含まれているようですので、弾劾証拠として認めたいと思いますが、原告側のご意見はいかがですか。書面の内容を確認してみてください」

書面は武浜弁護士へと渡り、設楽とふたりで精査する。彼らの手は、わずかに震えている。書面の一行一行が自信を削ぎ落としていくかのようだ。証言台に立っている美月は気が気でないだろう。

裁判官が原告席に問いかける。

「原告代理人、いかがですか」

武浜弁護士は無力さをにじませる。

「……異議はありません」

裁判官は志波に発言を促す。

「では被告代理人、つづけてください」

志波は書面について説明を始める。

「これには、原告が中津さんに送ったチャットの履歴が書かれています。原告は『NFTゲームの広告に使われるかも』と伝え、さらにはこのように送っています。『招待コードを使えば特典がもらえる』『早いうちにやると稼げる』と」

「それだけでは、広告に合意していたことにはなりません」

武浜弁護士はすかさず反論したが、志波は想定済みだ。

「ではチャットの日付を確認しましょう。『広告に使われるかもしれない』というチャットは、広告代理店との打ち合わせの前日、七月七日です。そしてゲームへの勧誘は七月一一日です。原告の主張にもとづけば、このような流れになります。『七月七日の段階で広告に肯定的だったが、七月八日の打ち合わせで断り、そのあとにゲームを恋人に勧めた』。これは不自然ではないですか？」

「む、それは……」

武浜弁護士が口ごもると。

「待って！」

突然、設楽が叫び、追い詰められた獣のように立ち上がった。

廷内のすべての視線が彼に集中すると、裁判官は不快そうに警告する。

「原告、着席しなさい。許可なく発言してはなりません」

武浜弁護士は設楽の行動に顔色を変え、苦言を呈する。

「設楽さん、ここでは代理人である私をとおしなさい」

ふたりから注意された設楽だが、勢いは止まらずに、切実に訴える。

「裁判官、発言の許可をください！」

「うむ……」

裁判官は眉を寄せ、熟考する。

志波は心の内でニヤリとした。想定外だが、ルールを逸脱して向かってくるとは倒しがいがある。

しばらくして、裁判官は設楽に目を向け、大仰に頷いた。

「原告の発言を許可します。ただし、事実にもとづいた発言をしてください」

このような許可は珍しい。おそらく志波の奇襲を考慮し、原告側の要求にも譲歩したのだろう。

「ありがとうございます！」

設楽は裁判官に向かって深く頭を下げ、その後、険しい顔つきで志波と対峙《たいじ》した。

「ゲームの勧誘は、合意の有無とは関係ありません」

「関係ない？」

志波はオウム返しで、設楽の反応を観察する。

設楽は主張をつづける。

「勧誘したのは、打ち合わせでゲームをやってみて、シタラックとは合わないけど、個人的におもしろいと思ったからです」

「おもしろいと思った？」

「はい。僕自身が、設楽巧巳として」

「なるほど。ところで、『おもしろい』というのは、ゲーム性と、仮想通貨が稼げること、どちらもという認識であっていますか？」

「え……はい。そうですね。僕はそう思いました」

どうやら、彼はプライベートと仕事を切り分けて主張したいようだ。ただしそれは、反論としてはあまり効果的ではない。そしていまの発言も、後々効いてくることをわかっていないようだ。

志波は新たな弾を装填しつつ、様子を窺《うかが》う。

「つまりあなたは、広告の依頼を受けたときも、断ったあとも、ゲームをおもしろいと思っていたのですね」

「あ、はい。繰り返しますけど、僕個人としてです」

武浜弁護士は困惑の色を隠せずにいる。設楽の暴走に参っているのだろう。彼の心中を察するに余りあるが、設楽に不満を抱かせた彼にも問題がある。

志波は設楽に対し、新たな角度から仕掛ける。

「ちなみに、中津さんは、あなたの『広告に物申す』という動画や訴訟に疑問があるそうです。ゲームに誘われたのだから当然でしょう。しかし彼女はこれまで、チャットの文面をＳＮＳなどで公開しませんでした。その理由について、ご存じですか？」

「いえ、知りません」

きっぱりと言い切る設楽に、志波は攻め入る。

「中津さんは、あなたへの未練を断ち切れずにいたため、公開を控えていたのです。あなたに不利になることは明白ですから。では、なぜ今回、彼女は証拠を提出したのでしょうか？　その理由は、先ほど『知人以上の関係』と証言された清沢証人が出廷すると知ったからです」

設楽はすぐさま強い調子で反論する。

「僕のプライベートは関係ないはずです」

「では、話を本題に戻しましょう。あなたが広告を断ったという『具体的な証拠』はありますか？」

「具体的な証拠？」

「はい。原告側の証言だけでは、『広告は非合意』という事実は確認できません」

「ですから、『シタラックとしては適さないから断った』という話なんです。実際、これまで学習系の案件は受けてきましたけど、ゲームはひとつもありません」

「過去にないことは把握しています。しかしそれは、今回が初めてという可能性を否定するものではありません」

非合意は嘘だと認めさせなければ、完全な勝利は得られない。

志波はさらに別の角度から探りを入れる。

「次に、『シタラックのおべんきょうラッキーチャンネル』について伺います。過去一年間、再生数も登録者数も減少しているというデータがありますが、広告収入の変化を教えてください」

「……広告収入の減少は、業界全体の話です」

「業界の傾向はさておき、私の質問に答えてください。ようするに、あなたも収入は下がったということですか？」

設楽は頬をひきつらせる。

「だったら何ですか？」

「活動方針の変更は考えていたのでしょうか？」

「活動については、常にいろいろと模索しています」

「なるほど。ではそこにコンサルはどういったアドバイスをしましたか？」

「コンサル……？」

「清沢証人の証言では、『動画のネタとか宣伝とかを考えてくれる人』と」

設楽は唾《つば》を飲み込み、口を開く。

「ええ、はい。今後の活動について相談をしました」

「そのコンサルは、ゲーム広告の打診があったことを知っていましたか？」

「打診は知ってますが、彼と会ったのは、僕が断ったあとです」

「そうですか」

志波はメガネのブリッジを指で軽く直し、設楽を射貫《いぬ》く。

「では伺います。バーで録音された『メンタルやられたフリ』という言葉の真意は何ですか？　これがあなたに対するコンサルティングだったのでしょうか？」

「それは……無断利用されたことをアピールするなら、そのほうがいいからと」

設楽は目を何度も瞬《しばた》かせた。

「なるほど。そうなってくると、清沢証人の証言と合いませんね。彼女はこう言ってました。『この件で彼は精神的に不安定になり、私に相談を持ちかけてきました』と。おかしいですね。彼女はコンサルの指示を知っていたはずでは？」

設楽は唇を噛《か》みしめ、視線を落とす。戦略もなく挑めば、こうなることは自明の理だ。

志波は凍りついている美月に照準を定める。

「清沢証人」

「は、はい」いきなり名指しされた美月はビクッとなった。

「あなたは原告とコンサルの双方と関係がありますよね。そのあたりの事情を教えてください」

「えっ……あ」

美月は狼狽《ろうばい》し、武浜弁護士に目を向ける。しかし彼は額に手を当て、思案に暮れている。反論を練っているのだろうが、もはや遅すぎる。

志波は追撃を止めない。

「もう一度お訊《たず》ねします。コンサルとは具体的にどのような話をしていたのですか？」

「あの……」

美月は何か言いかけるが、つづきは出てこない。

志波はおだやかに、しかし厳しく告げる。

「偽証罪はご理解いただいていますよね。一応、再確認しましょうか。『証人は虚偽の陳述をした場合、三か月以上一〇年以下の懲役に処される可能性がある』」

彼女の瞳《ひとみ》には恐れが浮かび、細い肩はかすかに震えている。あとひと押しで、彼女は崖下《がいか》に落ちるだろう。

「答えられないのでしたら、こちらから伺います。まず、無断利用の件が公になり、『広告に物申す』という動画配信が公開されて以降、原告とあなたの動画の再生数が急増しています。さらに、ふたりが恋人だという噂も同じ時期に浮上しました。ずいぶんタイミングがいいように感じますが、これは偶然なのでしょうか？　コンサルから何らかのアドバイスがありましたか？」

志波は彼女の内心を探るように見つめる。いま真実を語れば、すべてをコンサルに責任転嫁できる――そんな邪《よこしま》な考えが彼女の頭をよぎるかもしれない。そう甘くはないのだが、追い詰められた状況では、クモの糸を摑《つか》んでしまうものだ。

そして、彼女は深く息を吸い込み、重い言葉を紡ぎ出す。

「アドバイスは……訴訟を起こして、私と設楽さんの知名度をアップする方法です」

「いわゆる炎上商法ですね」

「はい……」

「バーでの会話からしますと、他にも指示があったのではないですか？」

「……」

美月は、真実を語るか、それとも虚飾を纏《まと》うか、その狭間《はざま》で揺れ動いているようだ。しかしもう限界だろう。彼女は拳《こぶし》を握りしめ、震える声で告白した。

「口約束であることを利用すれば、賠償金を狙える……という話に彼が乗りました」

真相の暴露に、傍聴席がどよめいた。

「くわしく教えてください」

志波がやさしく促すと、美月は堰《せき》を切ったように、事の次第を明かし始めた。

「彼が頭打ちで悩んでたとき、おもしろそうなゲーム広告の案件がきて、シタラック の方向性とは合わないけど七〇万円のギャラ目当てで受けていました。そしたら予想外に炎上して、チャンネルの状況がますます悪くなって、資金繰りがヤバくて家賃も人件費も払えなくなりそうだって……そのとき、知り合いのコンサルから『いいアイデアがある』と話を持ちかけられたんです」

「それが炎上商法と訴訟だった？」

「はい……注目されるうえに、最悪、和解でも七〇万円以上は余裕でもらえるだろうって言われました。そこで巧巳――設楽さんは、『ギャラの請求はしないで訴訟に賭《か》ける』と決めて、私にも協力してほしいって……。元カノの件も、証拠になりそうなメッセージとかは別れたときに全部削除したって話だったのに……残ってたなんて……」

彼女の声は徐々に弱くなり、最後には崩れ落ちるように力を失った。暴露された設楽はがくりとうなだれ、傍聴席から失意のざわめきが押し寄せた。

志波は静かに原告側を見つめる。

「つまり本件は、パブリシティ権侵害どころか、原告の経済的利益や宣伝広告を目的としていたわけです。こうなってくると、被告である永禄広告社は、名誉毀損《きそん》で原告を反訴することも可能でしょう」

致命的な一撃で、設楽の顔は虚無となった。しかし、もうひとつネタはある。これで息の根を止めるとしよう。

「最後に、設楽さん」

設楽は怯《おび》えきった瞳を志波に向けた。

「な、なんですか……」

「投資系ＶＴｕｂｅｒ、白金《しろがね》コガネをご存じですね？」

「っ⁉」

設楽はギョッと目を剝《む》いた。わかりやすい反応だ。

「一般的には知られていないようですが、いまから八年前、あなたが大学生だった頃にこの名で活動をしていたという情報があります。顔は出ておらず、ボイスチェンジャーを使っていたので、あなただとバレることはなかった。白金コガネのフォロワーは一万人に満たず、知名度は低かったが、一億円以上ある口座を見せびらかして、一部の界隈《かいわい》では崇《あが》められていた」

「……」設楽は無言の肯定をした。

「白金コガネは、とある投資家グループの一員として、きわめてマイナーな仮想通貨を推薦し、価格をつり上げて儲《もう》けたという噂がある。また、一億円の口座は画像の加工だったと言われている。騙《だま》された被害者は多数いるようですが、白金コガネはアカウントを削除して逃亡し、被害者は泣き寝入りだった。その後、あなたは素知らぬ顔で、シタラックとして活動を開始。七〇万円のギャラに飛びついたくらいなので、当時の儲けは吹っ飛んだのでしょう。それとも、どこかに隠し持っていますか？」

ハルトから得た情報を突きつけると、設楽の顔色はどんどん悪くなっていった。

「話が逸《そ》れました。つまり、あなたは昔から仮想通貨に精通しており、ＮＦＴゲームを『個人的におもしろいと思った』という発言には信ぴょう性があります」

設楽は完全に凍りついた。

「私の尋問は、これで終わります」

志波は裁判官に告げ、着席した。

裁判官は武浜弁護士に非難含みの目を向ける。

「原告側、再主尋問を行いますか」

武浜弁護士は苦悩に満ちた表情で、設楽にさりげなく耳打ちをし、彼の反応を待つ。だが設楽はいまにも吐きそうな様子で、口に手を当てたまま動かない。

「……もう結構です」

武浜弁護士は白旗をあげた。

その後、設楽は訴訟の取り下げを申し出た。永禄広告社は同意しないものの、穏便な対応を選んだ。

その内容は——設楽は請求を放棄した上で、『広告に物申す』動画を削除し、謝罪動画を公開する。さらに、シタラックとしての活動停止を約束。そして訴訟費用は設楽が負担する——というもので、訴訟上の和解に応じた。また、永禄広告社から反訴はしない方向となった。設楽にはいいおべんきょうになっただろう。

なお、清沢美月が中津彩から設楽を略奪した件は、争点とは無関係なので志波は取り上げなかった。何にせよ、ゆくゆくは暴露系配信者によってネタにされるに違いない。白金コガネの罪も同じだ。悪事を暴かれた者には、茨《いばら》の道が待っている。

志波は心地よい疲れを感じながら、傍聴席に目を向ける。

そこには、ハルトの姿はすでになかった。

ところで昨夜、彼は冷ややかな笑みを浮かべながら、コンサルについて話していた。「設楽に訴訟を持ちかけたのは、うさんくさい自称メディアコンサルタントだ。たぶんそいつは他にもやってる。締め上げたら楽しそうだよね」と。ハルトはこれをネタに『おいしい汚い金』を得るつもりのようだが、志波はかかわらない。彼は彼で好きにすればいい。

こうして裁判は、志波の完勝で幕を閉じた。

法廷前の廊下で、志波は永禄広告社の担当者から深々とお辞儀される。

「志波先生、本当にありがとうございました！」

「いえ、勝つことは使命ですから」

志波は今後につながるミーティングの約束を取り交わすと、裁判所を出た。

いつもならばここでひと区切りとなり、次の案件に気持ちを切り替えるのだが、今回はいつもとは違う余韻を残していた。

その理由はハルトだ。

彼も勝利に寄与した功労者であり、クライアントから評価されるべきだ。しかし、彼は裏方の調査員として活動しており、表舞台には現れない。それゆえ志波は雇い主として、報酬以外にも、何かしらの形で彼に感謝を示すべきではないかと感じた。今回の成功を機に、彼との正式な契約も検討しているのだ。

では、たとえば贈り物はどうだろうかと考えるも、志波はすぐに困惑する。

誰かに贈り物をした経験は皆無にひとしい。幼少期に父の日や母の日に贈った定番の品々くらいで、プレゼント選びのスキルは、いわば幼稚園児並みだ。いやしかし、そもそも転がり込んできた窃盗犯に物を贈るなど、何とも馬鹿らしい。

そんな思案をしていると、スマホにメッセージが届いた。ハルトだ。

《祝勝パーティーの準備をしてるから、メシは食べてこないでよ》

「ふむ……」

なぜか、ちょっと店でも覗《のぞ》いてみるかという気分になった。裁判が早く終わり、時間に余裕がある。

とはいえ、果たして何を買えばいいのか？

志波はスマホで『若い男性向けプレゼント』と検索する。ファッション小物や日用雑貨などが出てくるが、ピンとこない。ハルトの趣味や嗜好《しこう》は、志波にとって未知の領域だ。酒は好きなようだが、それを選ぶのは安易ではないか？

そこで志波は、さまざまな商品が並ぶ百貨店ならいいものが見つかるのではないかと、裁判所からほど近い有楽町《ゆうらくちょう》へと向かった。


メンズ向けの百貨店に入り、あれこれ物色する。紳士服売り場で、質のいいネクタイが目に留まった。しかし、これは自分の好みであり、ハルトに似合うとは限らない。それに調査のお礼にネクタイは、いささか奇異に思えた。

もっと彼についての知識があれば選びやすかっただろうに。知っているのは表面的なことばかりだ。ハルトの顔や身体、たまに見せる無邪気な振る舞いを思い浮かべながら、彼にぴったりの商品を求めてさまよう。

（書籍？　いや、あの男が読書をするとは思えない）

(財布？　ネクタイ同様におかしいだろう)

(スポーツ用品？　何のスポーツだ？)

(多肉植物？　いや、違う)

(靴……？)

——気づくと、方向性すら定まらないまま、一時間近く経過していた。

どうしたことか。自分のものであれば即断即決なのに、他人のためだと迷走してしまう。選んだもので自分のセンスが評価される気がして、なかなか決断できない。

だが、これ以上ハルトのために時間を消費するのも癪《しゃく》だ。

無難に酒と、ついでにつまみの肉でいいだろうと思い直し、地下の食品売り場に向かう。その途中、メンズコスメ売り場をとおりかかった。そこにはハルトが使用していたものと同じ美容液が並んでいた。

僥倖《ぎょうこう》だ。まさかこんな場所で出会うとは。値段も四三〇〇円と手頃で、己のセンスを評価されるリスクもない。

志波はカウンターに行き、若い女性の店員に購入を申し出る。

「これをひとつ。ええと、贈り物なんだが……」

「ラッピングのお色はどうしますか？」

赤、黄、黒、ストライプと四種類も提案されて、ここでもまた試練が発生した。考えてもわからないので、直感で黄色を選んだ。

ラッピングを待っていると、『無料肌診断』の案内が目に入った。ハルトが以前話していたのはこれかと眺めていると、別の店員が近づいてきた。

「肌診断されますか？」

「え？」

「最近、受けられる方、増えてるんですよ。これから乾燥する季節ですし、無料なのでぜひ」

「いや私は……」と断りかけるが、言葉を呑《の》み込んだ。せっかくの機会だ。自分のことを考えてみるのも悪くない。

「診断を頼みます」

志波は少し緊張して、肌診断用の椅子に腰を下ろす。店員は専用のセンサーを志波の肌にあて、チェックしていく。普段は訴訟で分析する側にいるので、こうして調べられる側になるのは新鮮だ。

診断の結果は、なかなか衝撃的だった。「肌の状態はやや改善が必要」とのこと。油分が足りずに乾燥しており、総合スコアは一〇〇点満点中、たった七三点。これには妙な悔しさを覚えた。人生で、こんな低い点数は初めてだったからだ。

そして志波は、自分への勝利の褒美という理由をつけて、店員に勧められた美容液と乳液を購入することにした。

「メイクもお試しいただけますが」

「そ、それは結構です」

精算をしていると、売り場にふたりの男性がやってきた。彼らは腕を組み、鏡の前で立ち止まる。背の高い男がもうひとりに、肌の手入れについてアドバイスをする。親密な雰囲気からすると、恋人同士のようだ。

背の高い男が、もうひとりの頬にやさしく手を添え、「肌診断を受けたらどうかな」と提案している。

(ん……?)

この光景、以前どこかで……。

——悪夢で目覚めた朝、洗面所でのハルトと交わしたやり取りだ。

刹那《せつな》、志波の心にひとつの疑念が芽生える。

ハルトは、もしかしたら……。

これまでの彼の言動、いたずらな微笑み、甘える態度。それらが突然、まったく新しい意味を持った。家に転がり込んできたこと、そして調査員として手伝うのは、志波自身に興味があると言ったこと。

さらに、キャンプでの寝袋の件。熱い抱擁と、唇に触れた感触は——

（あれは夢だと思っていたが、夢ではなかった……としたら……？）

ドクンと心臓が脈打ち、ずっと抑えていた感情が浮かび上がってくる。頭のなかが霧に包まれ、何を感じているのか、それすらもわからなくなってきた。

「お待たせしました」

店員の声が志波を現実に引き戻す。

「お客様、どうかされました？」

「い、いえ……」志波は慌てて表情を取り繕った。

商品の入った紙袋ふたつを手に、志波は百貨店を出ると、夕暮れの空を仰ぐ。

もしハルトが男性を好きなのだとしても、それには否定的な思いはない。だが、彼が自分に対して特別な想いを抱いているかもしれないのは、想定外だ。

スマホがメッセージを受信した。画面に表示されたハルトの名前を見て、ドキッとする。

《いつごろ帰ってくんの？　うまいメシが待ってるよ》

どういう顔をして帰ればいいのだろうか。どう振る舞うのが適切なのか。

悩みの迷宮に入りかけて、はたと気づく。

いや、待て。ハルトが自分を好きだという確証はない。ただの仮説に過ぎず、自意識過剰なのかもしれない。

日が沈む空を見つめながら、大きく息を吸い込む。

ひとまず、これまでと変わらない態度で彼に接しよう。意識せずに、自然体で。あくまでビジネスパートナーとしての関係を保つ。

志波はそっと家のドアを開けた。

「リョーくん、おかえり！」

ハルトが部屋から飛び出してきて、太陽の輝きを思わせる笑顔で迎えた。その表情がいつもと違う意味を持っている気がして、志波は靴を揃えるふりをして、顔を逸《そ》らす。

「ああ、ただいま」

「ん？　裁判は勝ったんだよね？　あんまりうれしくなさそうだけど」

心の揺らぎを隠そうとしたが、ハルトには違和感を抱かせてしまった。

「いや……まあ、いろいろ考えることがあってな」

玄関を上がると、ハルトは志波の手にある紙袋を指した。

「それ、どうしたの？」

「あ、これは……」

躊躇《ちゅうちょ》しつつも、ぶっきらぼうに紙袋を差し出す。

「君の調査が役に立った。そのお礼だ」

「マジで⁉　ありがとリョーくん！」

ハルトがとびついてきた。

「っ！」

よろめき、背中が壁にぶつかる。彼の突然の行動にびっくりしながらも、平静を装う。

「そ、そんなたいしたものではない。いきなり押さないでくれ」

「ごめんごめん。ところで、もうひとつは？」

ハルトが興味深そうに紙袋を見る。

「これは私のものだ。肌診断を受けて買ってみた」

「へぇ、俺のアドバイスを聞いてくれたんだ？　くわしくは食べながら教えてよ。もう腹減っちゃった」

ハルトは声を弾ませて、「待ってるよ」と去っていった。

志波はリカバリーウェアに着替え、ハルトの待つ食卓へ向かう。自然体を意識しつつも、心の奥底では、彼の本当の思いを知るべきだという警鐘が響いていた。

食卓に行くと、高級レストランのディナーのごとく、ミディアムレアのヒレステーキと赤ワインのボトルが輝いている。

志波は思わずため息を漏らす。

「ずいぶん豪勢だな」

ハルトはグラスにワインを注ぐ。

「ふたりでの初めての勝利だからね。あっ、これは全部俺の報酬で買ったから。キャンプのタダ飯のお返し」

志波は席に着く。ワインの芳醇《ほうじゅん》な香りが立ちのぼるが、脳内はハルトへの疑問でいっぱいだった。

勝利に乾杯して、食事を始める。ステーキはとても柔らかく、嚙《か》むごとに肉汁が広がる。しかし、その味を存分に楽しめない。

一方で、ハルトはうまそうにステーキを頬張って言う。

「それでリョーくん、肌診断はどうだったの？」

志波はためらいつつも、素直に明かす。

「スコアは七三点だ」

ハルトはにんまりとする。

「俺の勝ちだね。八四点だから」

「今日から改善する。すぐに追い越してみせる」

「負けず嫌いだなー」

「それは君だろう」

「じゃあふたりでスコア一〇〇点を目指す？　そしたら最高の引き分けじゃん」

「おもしろい。先に到達してやる」

「じゃ、七三点の肌を覚えとこ。これからどのくらい変わるのかって」

そう言ってハルトはじっと志波の顔を見つめる。志波は背中がぞわりとなり、視線から逃れるために裁判の話に切り替える。

「そういえば、彼らは謝罪をしてるのか？」

志波はスマホを手に取り、設楽のSNSを確認する。ハルトも同様にスマホを操作し、それぞれ画面を見る。

設楽はさっそく謝罪文をアップしていた。隙のない内容で、弁護士の手が入っているのは明らかだ。謝罪動画は後日あらためて公開するとしているが、すでに炎上しており、提訴したときよりも注目を集めている。

志波は冷ややかに言う。

「彼らの狙いどおり、大きく炎上して名が売れたようだ」

ハルトはハハッと嘲《あざけ》る。

「あんたほんと性格悪いな」

「敗者を哀れむ必要はない。相手方の弁護士は燃えかすの片づけが大変だろう。ところで、例のコンサルの件はどうするんだ？」

「まだ泳がせてる。太らせてから食うよ」

と、ハルトは片手にスマホを持ったまま、器用にナイフとフォークを操る。そんな彼を前にして、志波は次の話題に迷う。

まず契約について話し合うべきか、それともハルトの件を先に確認すべきか。彼がもしそうであろうと、契約の意思は変わらないつもりだが、ついさっきの視線の意味や、住み着いている真の目的を知っておきたい気持ちがあった。

チラとハルトに目をやったとき。

「うあぁっ！」

ハルトが手を滑らせてスマホを落とし、志波の足もとに転がってきた。

「行儀の悪い食べ方をしているからだ」

苦言を呈しながらスマホを拾い上げると、画面が目に入った。

「っ⁉」

志波はハッと息を呑《の》んだ。壁紙は、なんと志波の寝顔だった。

（ど、どういうことだ……？）

普通、壁紙にはお気に入りの画像や、大切な人の写真を設定するものだ。そこに設定されていることは……。

　志波が画面を見たまま固まっていると、ハルトはすっとスマホを取り上げた。

「俺になんか言いたいことあんの？」

「いや、わ、私の画像が……」動揺で声が震える。

「考えてるとおりだよ」

「それは……」

「そういうこと」

　ハルトはさらりと告げたが、彼の言葉は、湖面に投げ入れられた石のように、志波の心に波紋を広げていく。予感はあったものの、それが事実となると、急に頭が真っ白になってしまった。

　ハルトは平然と食事をつづける。

「気づいてなかった？」

「いや……なんとなくは……」

「リョーくん、ちょっと鈍感だよね。でも、それがいいんだけどさ」

　志波は慎重に問う。

「君が、うちに転がり込んできた理由は……」

「あんた」

「なっ……」

志波は絶句する。

いくらかの沈黙のあと、アハハとハルトは破顔した。

「冗談だよ。居心地がいいからここにいるんだ。調査員の仕事もおもしろいし」

「だったら、寝顔は……」

「あれも冗談。一時的に設定してただけ。あんたがどう反応するかなーって」

「からかうのはよせ……！」

志波が本気で憤ると、ハルトは一転、真面目な表情になった。

「わかった。じゃ、契約の話をしよっか」

「ん、ああ。そうだな」

からからに渇いたのどを、志波はワインで潤した。ハルトは食器を置くと、志波の目をしっかりと見据える。

「あんたがイヤなら契約はしない。それで、俺はここを出る」

志波は答えようとするが、胸のあたりで詰まってしまう。彼がどうだろうと、受け入れる心構えをしていたはずなのに。

そのまま志波が何も言えずにいると、ハルトの美しい瞳《ひとみ》に影がさした。

「まあ、すぐに答えは出せないよね」

ハルトは頭を掻《か》いて、申しわけなさそうに眉《まゆ》を下げる。

「とりあえず画像は消すよ。寝顔も、裸のやつも」

寂しげな苦笑を浮かべて、ハルトはスマホの画像を削除した。そして、ワイングラスを空にして立ち上がる。

「あんたさえよければ、また連絡して。もう会わないなら、俺の持ってきたものは適当に捨てちゃって。それじゃ」

出会って初めて、ハルトは悲しみを露《あら》わにした。言い表しがたいほどの苦悩をにじませ、大きな背中を丸くして、部屋を出ていく。

音もなくドアが閉まり、彼は消えた。

刹那《せつな》、志波の身体をビリビリと震わせるような衝動が駆け巡った。

「待て！」

志波は叫んだ。自分でも驚くほどの勢いで立ち上がり、気がつくと、廊下でハルトの手を摑《つか》んでいた。

「リョーくん？」

ハルトは目を丸くして振り返った。

いや、本当に驚いているのはこちらだと志波は感じる。いったい、どうしてしまったのか。

ハルトは窺《うかが》うような表情で、首をかしげた。

「まだ、何かあるの？」

志波は、彼をつなぎ止めている自分の手を見つめる。こうなってしまった以上、答えはもう決まっている。

「出ていく必要はない」

「それって……」

彼が言葉をつづける前に、志波は一度咳払《せきばら》いをして、はっきりと告げる。

「君と正式に契約したい」

「マジで？」

ハルトの瞳が、夜空の星のようにきらりと輝いた。志波は彼から手を離すと、自分の胸に手を当てて、考えをまとめながら語る。

「君がなんであれ、それが私の仕事に影響を及ぼすわけではない。同僚のプライベートに口出しをしないことと同じだ。そして、君がここを出るかどうかは、君の好きにすればいい。ただ、住所不定よりは、ここにいてくれたほうがいろいろと便利だ。もちろん、ルールを守れないなら追い出すのみだが」

ハルトはわなわなと唇を震わせて。

「リョーくん、ありがと！」と、大きく両手を広げて、志波をぎゅっと抱きしめた。

彼の厚い胸板と、濃密な男の香りに包まれ、志波は固まってしまう。

ハルトは志波の耳もとに顔を寄せ、柔らかくささやく。

「これからも、俺はここに住むよ」

志波は抱きしめられたまま、厳しく命じる。

「ならば、しっかり私に貢献してくれ。失敗したら契約解除だ」

「了解！」

ハルトは志波を解放すると、いそいそとスマホを操作する。

「復活っと～」

楽しげに、ハルトは志波にスマホの画面を向けた。なんとそこには、志波の裸の画像が表示されていた。

(なっ⁉)

志波はぐさりと貫かれた。

「さ、さっき削除しただろ⁉」

「普通バックアップするでしょ」

ハルトはいたずらっぽく片目を閉じ、ニヤリと笑った。

「やっぱり、あんたおもしろいよ」

この男、本当に油断ならない……。

ハルトはくるりと背を向けて、意気揚々と部屋に戻る。

「じゃあ、祝勝パーティー兼、正式契約のお祝いをしよーっ！」

廊下にひとり取り残された志波は、自嘲《じちょう》を含むため息を吐いた。この奇妙な同居生活に、どう向き合えばいいのだろうか。

ハルトは仕事のパートナーという以上に距離が近い。スキンシップも頻繁で、キャンプの夜の出来事からも、ただならぬ好意を感じる。

しかし、親しい男友だちが皆無なせいか、彼の振る舞いがどこまで一般的なのか判断がつかない。それになぜ、自分が彼に好かれているのかも理解できなかった。人に嫌われつづけた人生であり、彼にだけ態度を変えているわけではないのだが。

ハルトの『あんたおもしろい』という言葉が引っかかる。あれはどういう意味だ。玩具《がんぐ》的な扱いだというのか。

――いけない。思考の迷路に入り込みかけた。

ハルトは、ただの居候であり、調査員である。そして、志波令真が頂点に上りつめるための駒だ。翻弄《ほんろう》されてはならない。業務と私生活をきっちりとわけて、利用しなくては。

そのためには、彼への理解を深めなければいけない。いや、理解という点においては、無意識にハルトを引き留めた自分自身のほうが不可解だ。

これはよくない傾向だ。かの孫子も言っているではないか。

『彼を知り己を知れば、百戦殆《あやう》からず』——と。

ハルトを知って自分を知れば、負けることはない。これは訴訟と同じだ。知識は勝利への道を切り開く。その決意を胸に、志波は食卓に向かった。


——夜が明け、新しい日が始まっても、志波はそわそわしていた。

昨夜の食事中は裁判の話に花が咲き、そのあと、ハルトと契約を結んだ。情報を持ち逃げされないように、彼からは契約を破棄できないという条項を付けた。破れば膨大な違約金だ。しかし結局、彼の本当の考えは探れなかった。何をどう訊《たず》ねたらいいのか、途方に暮れてしまった。職業柄、男女の愛憎劇は聞き慣れているが、自分のこととなると事情が異なる。しかも相手は同性なのだ。

スマホを手にし、『同性に好かれてしまった』と検索する。同じ悩みを抱える人々の相談を読み漁《あさ》ったが、回答はさまざまで、具体的な解決策は見つからなかった。

ハルトのことも、自分自身もわからない。このままでは『彼を知らず己を知らざれば、戦ふ毎にかならず殆し』、つまり必敗である。

気持ちを切り替えようと、志波は朝陽を浴びる。

こういう経験は初めてなのだから、迷いが生じるのは仕方がない。これは正義の女神が与えた試練である。困難を乗り越えれば、新しい知識が身につき、頂点に向けてまた一歩近づくはずだ。

　そうして志波は、いつもどおりの日々を送るために、朝のルーチンに入る。

　トレーニングマシンに腰かけ、筋トレを開始する。目の前ではハルトがヨガを行い、引き締まった肉体を見せつけてくるが、視界に入らないふりをする。

　志波はチェストプレスに励むも、睡眠不足のせいか、身体は鉛のように重い。どうも不調だ。そこで水を飲もうと立ち上がったとき、ハルトが近寄り、いきなり腕を掴んできた。

「なっ⁉」

　志波がビクッとすると、ハルトは苦笑した。

「そんな驚かないでよ。俺、いきなり襲ったりしないから」

　志波は一瞬の間を置いて返す。

「当たり前だ。で、何の用だ」

「調子悪そうだし、ヨガやってみない？」

「結構だ」

「いいからやってみてよ。すっきりするから」

　ハルトにぐいぐいと力強く引っ張られ、志波はしぶしぶ従う。

「よーし。まずは基本の太陽礼拝からね」

彼の手に導かれるまま、ポーズを作る。しかし、志波は柔軟性に欠け、ふくらはぎがびりびりと痛む。

「リョーくん、意外と硬いね～」

「痛っ、無理やり押すな」

「腹式呼吸を意識して。吸って～、吐いて～」

手取り足取り指導され、身体に触れられることに複雑な感情を抱くも、ゆっくりと呼吸を繰り返すうちに、心身ともにほぐれていくのがわかる。

「どう？」ハルトが明るく訊ねた。

「悪くないな……」

「ストレッチと違って、精神も整うんだ。リフレッシュしたくても、ソロキャンは簡単に行けないでしょ？　少しずつケアするのも大切だよ」

「ふむ……」

五分程度ならば、ルーチンにヨガを加えるのはありかもしれない。有益なものは積極的に試していく主義だ。

ところで、だ。

ハルトは、先ほど「いきなり襲わない」と言った。それはつまり、段階的な接近を意味しているのだろうか。過去に同性と付き合い、家に転がり込んでいたことがあるのか？　そこでは頃合いを見計らって襲いかかり、淫《みだ》らな行為をしていたのか？

気になるが、このような疑問を口にするのは照れくさい。ましてや、さわやかな朝の時間にはふさわしくない話題だ。

とにもかくにも、彼に対する適切な接し方や距離感がわからなかった。

ヨガでは解消しきれない心のもやもやを抱えながら、志波は水を飲む。そこへハルトが何気なく声をかけてきた。

「リョーくんは恋人いないよね？」

「っ!?」

「あ、やっぱそっか」

「だからなんだ」

「もし恋人がいたら、男と同居してるのはどうかなと思ってさ」

ハルトは水をコップに注ぎながら質問をつづける。

「どのくらい恋人いないの」

「君には関係ないだろう。なぜ訊《き》く？」

「ただの興味だよ」

「だったら答える必要はないな。そもそも、朝からそういう話題はどうかと思う」

話す気はないという態度を取り、コップを置いて去ろうとした。すると。

「あ！　もしかして、じつは付き合ったことも、それ以上もゼロ……？」

ハルトはわざとらしく口もとを手で覆った。

図星を衝《つ》かれた。志波は狼狽《ろうばい》を押し隠す。

「だから、君には関係ない」

「ふーん、そうかぁ」

ハルトは完全に察したようだ。志波は苛立《いらだ》ちを感じながらも、逆に気になっていることを訊ねる。

「それじゃあ、君はどうなんだ？」

「恋人？　そういうのじゃなくて、適当に遊んでるよ」

「適当に？」

「一夜の相手を探したり、ウリをしたり」

ハルトは自分の胸もとを意味深にさする。

志波は思わず声を低くする。

「つまり……男娼《だんしょう》という意味か」

「女より男のほうがいいし、気持ちよくなって金ももらえるなんて最高じゃん。あんたも試してみる？　意外と目覚めるかもよ」

と、ハルトは志波の腰にすっと手を回した。

「ば、馬鹿を言うな！」

志波が身を引くと、ハルトはくすりと笑った。

「冗談だってば。潔癖だなぁ。ウリなんてとうの昔にやめたよ」

ただただ、志波は呆《あき》れる。彼の生き方には新鮮な感動すら覚えるほどだ。これまでにどんな世界を見てきたのだろうかと、ハルトをチラと見る。水を呷《あお》るのど仏が、滑らかに上下する様子が目に留まる。

ハルトは飲み干すと、ぷはぁと息を吐いて、手の甲で水滴をぬぐった。

「ところでリョーくん、新しい案件はあるの？」

「いまはないが、すぐに発生する。時間があるなら法律書の一冊でも読んでおいてくれ」

「了解。エリート弁護士の相棒にふさわしい人間にならないとだね」

ハルトは朝食の準備に取りかかった。

相棒。志波はその言葉に、そこはかとない別の意味を感じ取り、邪推してしまう。

しばらくすると、フライパンでバターがじゅうじゅうと溶ける音と、卵が焼けるにおいが部屋に満ちていった。

「ネクタイOK、いってらっしゃーい」

ハルトに送り出され、志波は事務所へと向かう。仕事に気持ちを切り替えたくても、昨夜からの彼の言動がつぎつぎと脳裏を巡る。

雑念を振り払うように、志波はきびきびと歩を早めた。


事務所に着くと、まずは所長の岩峰に、インフルエンサー案件の勝利を報告する。

岩峰はうむうむと頷《うなず》いた。

「先方もたいへん満足している。これからはソーシャルメディアに関する依頼も増えるだろう」

「これまで以上に、精力的に受任します。どんな依頼でもおっしゃってください」

自信をもって答えると、岩峰は訝《いぶか》しんだ。

「まさか、一〇〇人目が見つかったのか？」

さすが、鋭い洞察力だ。感心しつつ、志波は慎重に言葉を選ぶ。

「シタラックの調査で活躍してくれた若者を、個人契約の調査員として雇いました」

「ほう、有望株なんだな？」

「この先、大型案件にも彼の力を借りる可能性もあるかと」

得意げに言いつつも、心の内では疑問が駆け巡っている。どうして引き留めたのか、本当に頼るつもりだろうか、あっさりと裏切らないだろうか――と。

岩峰は顎《あご》に手を当て、苦笑いを浮かべる。

「今度こそ、君がいきなり解雇しないことを祈るよ」

「私もそう願っています」

志波は自嘲《じちょう》的に答えて、所長室を出た。

エレベーターを待っていると、スマホがメッセージを受信した。ハルトからだ。

《晩メシ作り置きしておくよ。中華でいい？》

声にならないため息を吐く。

《四川風の激辛は好きじゃなさそうだよね》

しつこい問い合わせを避けるために、迅速に返信する。

《そのとおり。激辛はやめろ。これから会議だ。送ってくるな。以上》

《ぺこり》

とぼけたアニメキャラのスタンプが送りつけられた。自宅のみならず、職場まで侵《しん》蝕《しょく》され始めた。スマホをしまおうとした途端、また受信した。

《最後に。ゴマ味としょうゆ味なら、ゴマだよね？》

《ゴマだ！》

企業法務ルームの定例会議は、法改正の確認からスタートした。テーブルには資料が広がり、志波の同僚たちが熱心に意見交換をしている。志波も議論に参加しているが、ポケットにしまっているスマホがどうにも気になってしまう。

「——志波君、規制に対する見解はどうかな？」

同期の風間に質問をぶつけられ、志波はハッと顔を上げた。のしかかるような沈黙と、同僚たちの視線に気づき、場当たり的な言いわけをする。

「すまない。クライアントの件で考えごとをしていた」

気を引き締めて会議に参加するも、自分でもわかるほどに意見にキレがなかった。

会議を終えて部屋を出たところで、志波はスマホを確認する。

ハルトからのメッセージはひとつもなかった。無論、なくていいのだが、物足りなさが胸をかすめる。

とにかく、午後からは集中しなければいけない。

外の空気を吸って気持ちをリセットしようと歩き始めると、もじゃもじゃ頭の男が声をかけてきた。風間だ。

「大丈夫？　ちょっぴりお疲れのようだけど」

「いや、たいしたことはない」

「たまには気分転換にランチでもどう？　おいしい店を見つけたんだ」

風間はどことなく心配そうな顔をしている。どうやら、定例会議での失態を気にかけているらしい。まったく、弁護士の鑑《かがみ》のようなやさしさだ。

普段であれば断るところだが、今日は違った。なぜなら風間は、企業のＬＧＢＴ支援に取り組んでおり、自身も男性のパートナーがいるのだ。彼と食事をすれば、悩んでいる件について解決の糸口が見出せるかもしれない。

「わかった、ランチをしよう」

志波が了承すると、意外だったのか、風間はびっくりしたように目を細めた。


風間の案内で、西新宿の裏通りにあるビストロに入った。店内は小洒落《こじゃれ》ていて、柔らかな秋の日差しが窓から差し込んでいる。

メニューを見て、志波は迷わずに『本日のおすすめ』を選んだ。新しい店ではおすすめを試すのが流儀だ。奇《く》しくも今日のおすすめのカルボナーラには、ハルトが以前作ってくれたミネストローネが付いていた。

料理を待つあいだ、風間は雑談を志波に持ちかける。「ここのマスター、昔はホテルのシェフだったらしい」「週末は生演奏もあるよ」など。志波は適当に返しつつ、うまく話を誘導する隙を探るも、なかなかない。

料理がテーブルに運ばれると、志波はまずミネストローネを食べる。確かにおいしいが、心のどこかで、ハルトの手料理のほうがもっとおいしいと感じてしまう。

カルボナーラを食べながら雑談をしていた風間は、ふっと真面目な表情になった。

「ところで、さっきの会議中どうしたんだい？　あんなの珍しいじゃないか。いまもときどき上の空になってるけど」

「いまも……？」

いよいよ重症かもしれない。ともかく、話を切り出すタイミングだ。しかし真実をそのまま伝えたくはないので、架空の相談を持ちかける。

「じつは、大口のクライアントが同性に告白されて、困っているんだ。相手は大事な取引先の人間で、どう対応したらいいのかと訊《き》かれてね」

風間はふむふむと頷いた。

「そのクライアントさんは、相手に対して嫌悪感や差別意識はあるのかい？」

「いや、それはないみたいだが……自分の感情がわからないと言っていた。ボディタッチを妙に意識してしまったり、視線が気になったり」

「なるほどね。もし、少しでも嫌だと感じたなら、はっきり伝えるのが一番だよ。そうすれば、相手も早くあきらめられるから」

「そういうものなのか？」

「だって、その気がない人を振り向かせるのは無理だからね。こんな失恋はよくあることさ。でも、もしクライアントさんが、まだ自分自身を理解できていないなら、答えを出すのは急がなくていい」

「自分自身を……とは？」

志波が疑問を投げかけると、風間は自身の経験を語り始めた。

「簡単に言うと、本人が気づいてないだけで、じつは同性愛者かもしれないということ。実際、僕自身がそうだった。男性に好かれて初めて、自分を理解したんだ」

「ほう……」志波は思わず声を漏らした。

「LGBTの割合は、全人口の数パーセントっていう統計もあるよ。思っているより珍しくないんだ。それに、Q――クエスチョニングというカテゴリーもあってね。自分の性的指向がはっきり定まっていない人のことなんだけど」

志波はただ相槌《あいづち》を打つ。

風間はパスタをくるくるとフォークに巻きつけながら、親身になって話をつづける。

「余談だけど、LGBTの人たちには、自分の性的指向について深く悩んだことがない人もいる。一方で、他人から干渉されるのをとても嫌がる人もいる。自分の恋愛だけじゃなくて、家族にも影響があるからね。要は、それぞれに合った対応が必要なんだ。ちなみに僕はあまり気にしないタイプだけどね」

ハルトも風間と同じで、そのへんはオープンなタイプだろう。いや、いまはそうでも、過去はわからない。

「他に何かあるかい？」

風間の目はやさしく、真剣だ。志波は少しためらいつつ、訊《たず》ねる。

「たとえば、そういう思いのある男性は、会ったばかりの男の寝袋に潜り込んだり、すぐに抱きついたりするのか？」

風間は軽く笑いながら答える。

「いやいや、それは人によって全然違うよ。少なくとも僕はしない。でも、男性同士だと、女性よりも警戒されにくい面はあるかもね」

志波は納得するしかなかった。


ランチを終えて店を出ると、風間は「いつでも相談して」と言って立ち去った。

志波は、思い悩みながら事務所へ戻る。

さて、どうしたものか。

風間のアドバイスに従うのならば、自分の内面とじっくり向き合うべきなのかもしれない。それは、まるで判例のない法律問題に取り組むようなものだ。

これまで深く考えたことはなかったが、もしかしたら自分はクエスチョニングの状態にあるのかもしれないと、ふと思った。

過去を振り返ってみる。

まず、女性に対して恋愛感情を抱いたことはなかった。しかしそれは中高一貫の男子校育ちで、女性との出会いが限られていたからかもしれない。思い出してみると、小学校六年生のときにクラスの女子に告白されて、興味がないと答えたら泣かれてしまい、女子全員から責められた記憶はある。なぜ責められたのか、いまだにわからない。勉強や中学受験のほうが重要に決まっているだろう。

女性の見た目を美しいと感じたことは何度かある。ただしそれは性的な魅力というよりも、曲線美というか、芸術作品を鑑賞したときの気持ちに近いのではないか。

一方、男性に関しては、理想の男性像を思い描くことはあれども、性的な魅力を感じることとは違うはずだ。

不意に、ハルトの笑顔がまぶたの裏に浮かんだ。

（っ……）

頭を振ってハルトを追い出す。もし、万が一、男性に魅力を感じる可能性があるとしても、あの厄介きわまりない人間に惹《ひ》かれるわけがない。

いつもは論理的に物事を処理する志波だが、途端に無力になってしまった。ビルのガラスに映る自分を一瞥《いちべつ》して、自嘲《じちよう》する。君は自分のこともわからないのか、と。

ともかく、いまは無理に決断を下すときではない。時間が経てば、いずれ何かしらの答えが見えてくるだろう。

季節の変わり目に、心も変化するのだろうか――そんなことを思いながら、志波は事務所の扉を開けた。


【ハルト】


「――オレの相手をしてくれないか？」

「うん、いいよ」

ボクサーパンツ一枚のハルトは、熱い眼差《まなざ》しで見つめてくる男の腰に手を回した。幾人ものなかから彼を選んだ理由は、一番マシだと思ったからだ。

飢えた獣たちが出会いを求める秘密のクラブで、ハルトは男を個室へと導くと、首筋に舌先を這《は》わせる。男はぴくりと悦《よろこ》びに震えて、身体を密着させる。だが、ハルトの内には熱い波は起きない。陶酔した顔を近づける男から、ハルトはすっと離れた。

「ごめん、やっぱなし」

「え？」

「そういう気分じゃなくなっちゃった」

男性はがっくりとうなだれた。問題は彼にあるわけではない。最近、ハルトはいつもこうだった。気持ちが乗らないのだ。こんな状態は初めてだ。

原因は間違いなく志波だ。

その気のない彼に手を出せず、それゆえ悶々《もんもん》となり、欲求を発散するためにこういう場所に顔を出していた。だが、刹那《せつな》的な快楽では満足できなくなっていた。見知らぬ誰かに触れるたび、どういうわけか、志波の顔が脳裏に浮かんでくるのだ。

その後、ハルトは誰とも交わらないまま、クラブを出た。

夜の街を目的もなくぶらついていると、無性に甘いものが食べたくなった。性欲のかわりに食欲を満たそうというのか。自分でもよくわからない。

コンビニで買ったクリームパンにかぶりつくと、舌がとろけるような甘さが口に広がり、わずかだが身も心も癒《い》やされた。

スマホを取り出し、志波の寝顔の画像を眺める。

彼への想いが、単なる遊びを越えた何かに変わりつつあることを、ハルトは感じていた。寝袋でのいたずらを思い出すたび、彼に触れたいという衝動が湧き上がる。

しかし、ハルトは自制する。襲おうと思えば襲えるし、それをきっかけに童貞の彼が落ちる可能性もあるけれど――いや、落とす自信もあるが、たった一度の過ちで関係が崩壊するかもしれないなら、そのリスクは背負えない。

　焦らなくてもいい。同じ屋根の下、パートナーとして過ごしていれば、いつか機会は訪れるだろう。もし、志波にいっさいその気がないとわかれば、出ていけばいい。いままでの彼の反応を見るに、そうは思えないが。

　ハルトはクリームパンを頬張り、甘さに浸る。しかし、寝袋でこっそり奪った志波の唇と比べると、あらゆるものはかすんでしまう。

　あれは、身体の隅々まで染みわたるような甘美さだった。

4章　感情の迷宮

【志波】

一〇月も終わりに近づくと、街路樹はほんのりと色づき始めていた。夏の暑さはすっかり消えて、冷たい秋風が吹いても、オラクルム法律事務所は今日も活気にあふれている。

企業法務ルームではチームで協力し、訴訟の資料作りに精を出す。リーダーを務める志波は最近、周囲から「顔色が良くなった」と言われるようになった。ハルトの手料理や、念入りなスキンケアの賜物だろう。

しかし、志波の内面は、肌の輝きとは対照的に曇っていた。

ハルトとの微妙な距離感は変わらず、自分自身に関する答えも見つけられず、彼とのあいだには薄いカーテンがかかっているような状態がつづいていた。

それでも、だんだんと日常のリズムを取り戻し、仕事に集中できる気持ちにはなってきていた。

その日、志波が執務室で作業をしていると電話が鳴り響いた。

電話の主は、志波が顧問を務める『FEテクノロジー株式会社』の担当者だ。同社は核融合発電の研究開発に特化したベンチャー企業で、従業員数はわずか四〇名ながら、独自の技術と特許を数多く持ち、業界で注目されていた。

「志波先生、社内で問題が発生しまして……」

担当者の声は重々しく、危機感が伝わってくる。

「どうされました？」

話を聞いたところ、問題の中心にいるのは、知財部の部長・鈴阪麻衣子《すずさかまいこ》、三〇歳。彼女は社内の不正行為を告発しようとしているという。

「不正行為の具体的な内容は？」

志波が探ると、担当者は困惑する。

「じつは、くわしい内容はまだ把握できていないんです。彼女に訊《たず》ねても、口を閉ざしていて……」

「では、告発の情報は、どうやって突き止めたのですか」

「それは――」

担当者は鈴阪麻衣子に関する疑惑を二点、説明した。

第一に、匿名の社員からの情報提供があった。『鈴阪麻衣子が不正の告発を考えているらしい』と。

第二に、彼女の様子がおかしい点。担当者が彼女の行動を調べてみると、以前よりも明らかにイライラすることが多く、まるで八つ当たりのように部下を叱っていることが判明した。

そこで担当者は、鈴阪本人に直接話を訊《き》いた。しかし、彼女は答えなかった。特許などを扱う知財部は同社にとって重要なセクションであり、問題が起きているならば見過ごせない。しかし、不正があるならば、なぜ彼女が隠すのか理解できない。

そうして困り果てた担当者は、顧問である志波に相談を持ちかけた。

「なるほど……」

志波は深刻な事態だと判断した。

不正が事実であり、それを彼女が告発したら、会社の信用は大きく損なわれる。同社は将来的にＩＰＯやＭ＆Ａを計画しており、志波が担当する予定なので、プランの崩壊は絶対に阻止しなければならない。

さらに、不正が核融合技術にかかわるものであれば、日本のエネルギー政策全体に波及する恐れもある。志波は状況を重く捉《とら》え、眉《まゆ》を寄せた。

「不正自体は、会社として把握もできていないんですね」

「ええ、だから告発も本当かどうかわからず……。大きな問題になる前に、内々に終わらせたいんですが……」

「承知しました。こちらで対応します」

まずは、鈴阪麻衣子に接触すべきだろう。志波は面談の日時を取り決め、電話を切った。


港区《みなと》にあるFEテクノロジーへと志波は向かう。

車窓の街並みを眺めながら、鈴阪という人物について考えを巡らせる。今日の面談に備えて、会社の採用ページに載っていた彼女の記事を読み込んできた。

写真の彼女は、豊かな黒髪のロングヘアをひとつに束ね、きりりとしたアーモンド型の瞳《ひとみ》に、上品な笑みをたたえている。ナチュラルで理知的ながら、大人の色香を感じさせる。

彼女は名門大学の工学部を卒業後、エネルギー分野の研究機関でキャリアをスタートし、特許の重要性を知った。そこで幅広い経験を積んだあと、FEテクノロジーに転職した。特許申請や文書処理に従事し、若くして知財部の責任者に抜擢《ばってき》され、研究開発部とも連携して活躍している。

プライベートでは、フィットネスが趣味で、最近テニスも始めた。アクティブな性格らしい。

夢は、次世代エネルギー技術の確立。座右の銘は、『無欲は怠惰の基である』。

才色兼備の彼女だが、これらはすべて表向きの情報だ。彼女の真意や動機は謎に包まれている。


ＦＥテクノロジーのエントランスには大型ディスプレイが設置してあり、優れた自社技術を紹介する映像が流れている。環境問題に対する志は高く、門構えは立派だが、研究開発費がかさんで赤字なので、社内のコンプライアンスやリスク管理に十分な予算が回っていないというのが実情だった。

受付で麻衣子との面会を伝えた志波は、他の部署からは隔絶された、重要な商談をするための会議室へ案内された。

扉を開けると、すでに麻衣子が待っていた。白地のノーカラージャケットにグレーのスリムパンツを合わせ、長身で姿勢がよく、すらりとしている。見た目からは、不正や告発という負の言葉とは遠い印象を受ける。写真の彼女と違う点は、微笑みが欠片《かけら》もないことだ。志波に対して、計算式のような冷たさを感じる。

志波は微妙な空気を感じ取りつつも、丁寧に会釈をする。

「本日はお時間をいただきありがとうございます」

「こちらこそ」

麻衣子は志波を正面から見据えて、芯《しん》のある声で応じた。

志波は彼女の向かいに座り、形式的なあいさつを交わすと、すぐに本題に入る。

「まず、社内の不正行為は、実際にあるのですか？」

彼女は渋い顔をしつつも、口を開く。

「はい、あります」

志波は反応を観察しながら、質問を重ねる。

「不正は、具体的にはどんな内容ですか？　証拠はお持ちですか？」

「証拠はあります。ただ、いまは詳細を話せません」

「それはなぜですか。あなたには告発しようとしている噂があるようですが」

麻衣子はうんざりといった表情で首を振った。

「誰が噂を流したのか知りませんけど……時が来たら、インターネットに公表するつもりでいます」

ずいぶん大胆な発言だ。これは顧問弁護士として見過ごせない。

「本当にそうするつもりですか？」

「冗談でこんなこと言いません。内部通報じゃ握りつぶされるかもしれないでしょう」

「ですが、外部への告発は企業にとっても、社員であるあなた自身にとっても大きなリスクがあります。理解されていますか？」

志波の忠告にも、彼女は平然としている。

「リスクは承知の上です」

「ではなぜ」

「正義のためです」

麻衣子は目を見開き、短く言い切った。

志波は食い下がる。

「もう少し詳細を教えていただけませんか？」

「話すのは、義務ではないですよね？」

「ええ、義務ではありません」

「では言えません」

麻衣子はぴしゃりと言って口を結び、しかめ面で腕を組んだ。


最後まで麻衣子は強気の姿勢を崩さず、不正行為の詳細や公表の時期について、いっさい口を割らなかった。

志波はひとまず状況を整理する。

彼女の態度からすると、告発は単なる脅しではなく、本気だろう。

しかし、正義という動機は鵜呑《うの》みにはできない。おそらく彼女には裏がある。それは会社や社員への不満か、あるいは個人的な利益か、または別の事情か。イライラすることが多くなったという変化は、そこに関連があるのではないか。

ともかく今回の件は、単純な勝ち負けではない。クライアントの要望は明確で、事態を表沙汰《ざた》にせず、収束させること。志波の役目は、告発が実行されたり、不正によって会社に損害が出たりする前に、終止符を打つこと。

そのためには、彼女の真意と不正の内容を調べる必要がある。

ただ、先ほどの面談を考えると、直接問いただしても聞き出せそうにない。そのうえ、志波には他の案件への対応もあり、時間は限られている。

このような局面で役立つのがハルトとの契約だった。彼が以前のインフルエンサー訴訟で見せた能力は、いまの状況に最適だ。

ハルトに対する私的な感情は脇に置いておき、近くに待機させていた彼に連絡を取る。すると彼は、公園で開催されている秋祭りの会場にいると言う。まったく、のんきなものだ。

秋祭りの会場には屋台やブースが立ち並び、ハロウィンの装飾があちこちに施されている。このようなイベントには志波は来ないので、すべてが新鮮に映る。

平日の午後だというのにまずまず混んでいて、家族連れやカップルで賑《にぎ》わっている。そのなかでも、大柄で大きく手を振るハルトを見つけるのは容易だった。

「お疲れー」

ハルトはタコ焼きを一パック手にしていた。

「これ、おやつ。ふたりでわけよ」

「ここで食べるのか？」

「そりゃそうでしょ」

「そうか……」

大人の男ふたりで、ひとつのパックを分け合う光景を想像すると、志波は背中がこそばゆくなった。

「どうしたの？　パンプキンパイとか甘いやつのが良かった？」

志波は取り繕う。

「いや、これでかまわない」

「じゃ、あそこに座ろう」と、ハルトはベンチを指した。

祭りの喧騒《けんそう》のなか、ふたりで並んでベンチに腰かける。ハルトがタコ焼きを頬張る横で、志波は麻衣子の件を話題に持ち出す。

「例の件、協力してもらえるか？」

「任せて。シタラックのときみたいな感じでいいんだよね」

「法に触れない範囲で好きにしろ。くわしくは、夜に家でミーティングをする」

「了解。とりあえず会社の周りとか見ておく。ターゲットの顔写真もあるしね」

尾行でもするつもりだろうか。ハルトは自信満々で、どんな問題も解決できそうな雰囲気があった。志波は心に余裕が生まれて、タコ焼きに手を伸ばす。

「あっ」「あっ」

偶然にも、ハルトと同じものにつまようじを刺してしまった。するとハルトは意地悪そうに微笑む。

「食べさせてあげる。あーん」

その甘い声は、ミネストローネを口に流し込まれた夜を思い出させた。

「やめてくれ。君にやる」

「じゃあ、俺に食わせて」

ハルトはエサを欲しがる鳥のように口を大きく開けた。

「お、おい……口を閉じろ」

公の場でのこのような行動は、まるで俗に言うバカップルではないか。志波が人目を気にして戸惑っていると、ハルトは不意にタコ焼きを食べた。

「隙あり」

ニヤリとするハルトを見て、志波は疑念を抱く。

「もしかして、わざと同じものに刺したのか？」

「んー？」ハルトは首を傾げ、答えるかわりにつぎつぎにタコ焼きを食べる。

「待て。ひとつくらいよこせ」

志波はかろうじてひとつだけ確保した。子どもの頃から祭りには参加せず、屋外でこういったジャンクなものを食べた経験はないが、思ったよりも悪くない。

たくさん食べて満足そうなハルトは口を拭《ぬぐ》うと、志波に訊《たず》ねる。

「ちょっと気になることがあるんだけど、三〇分くらい時間ある？」

「大丈夫だが……」

「やった！　一緒にあれやろ」

ハルトの視線の先には、ハロウィンにちなんだカボチャの彫刻体験ブースがあった。完成品はランタンになるらしく、子どもやカップルが熱心に彫っている。

「興味はない。ひとりでやってくれ。それに、私があういう作業は苦手だと知っているはずだ」

「手伝うからさ。家に置こうよ。リョーくんち季節感ないんだよね」

「季節感など不要だ」

「俺は欲しいの」とハルトは志波の腕を引っ張り、ブースへ連れて行く。

「おい、私はやらないぞ」

「時間あるって言ったじゃん。揉《も》めごとばっか考えてると、息が詰まるよ」

ハルトの手はカミツキガメのような強さで、志波の腕をぎゅっと摑《つか》む。

「わ、わかった。やるから離してくれ」

腕がちぎれる前に、同意するしかなかった。

ハルトはスタッフに「ひとつ」と言った。どうやら共同で彫るつもりらしい。志波はただ見守るだけで済むと思って、少し安心する。

幼稚園児を連れた夫婦の隣に、志波とハルトは腰を下ろした。

用意されたカボチャはすでに底が取り除かれ、中身は空洞になっている。

「どんなデザインにする？」とハルトが訊ねた。

「シンプルなものでいいだろう。あんな感じで」

志波はランタンの見本を指す。目や口の形に穴が開いた、典型的なデザインだ。

「あれじゃつまんないよ。もっと怖くしよう」

ハルトはスマホで不気味な悪魔の画像を検索した。そしてペンを手に取り、カボチャの表面にさらさらと輪郭を描く。

完成したデザインは、季節感などない呪物だった。無駄の極みだが、もはや我が陣は彼の手によって無法地帯に成り果てており、いまさらひとつ増えたところで変わらないと割り切ることにした。

ハルトはペンをナイフに持ち替えると、躊躇《ちゅうちょ》なくカボチャに切り込んでいく。彼の手つきは凄腕《すごうで》の医者がメスを扱うようで、あっという間に片目が彫られる。

ハルトは志波にナイフを差し出す。

「リョーくん、もう片方の目をやってみて」

「私は見ているだけでいい」

「そう言わずにさあ、自分の家に飾るものなんだから。それにこれは悪魔のデザインだから、ぐちゃぐちゃになっても雰囲気は出るよ」

「なぜ、ぐちゃぐちゃ前提なんだ」

「だって……さぁ」フフッと挑戦的に笑うハルト。

「ふん。やればいいんだろう」

志波はナイフを手に取り、精神統一して、カボチャに突き刺す。

「くっ、硬いな……っ！」

力を入れると刃先がつるりと滑り、自分の指の真横をシュッと通りぬけた。

「うわっ！」と声を上げてしまい、隣の家族にびっくりされて見られた。ハルトは気まずそうに苦笑する。

「危ないって。刃の前に手を置いたらダメだよ」

「最初に言ったはずだ。苦手だと」

「あのさ、まずナイフの持ち方が変なんだよね」

ハルトは立ち上がり、志波の背後に回り込み、覆い被《かぶ》さる姿勢で手に手を重ねた。

予期せぬ行動に、志波の心臓は激しく脈打つ。

「おいッ……!?」

「最初に言ったじゃん。手伝うって」

公の場でこんなにも密着するなんて、何を考えているんだ……!?　志波は恥ずかしさで身体が火照るが、不思議と振り払えない。

ハルトは志波の指を一本一本ほどき、ナイフを握り直させる。

「こうやって彫るんだよ」

ハルトは志波の手を握り、操る。手つきは力強く安定していて、カボチャの表面を丁寧に削っていく。志波は心がざわつきながらも、彼の温かい手の感触を受け入れてしまう。

隣の家族連れが、ちらりと目を向けた。とくに子どもは無垢《むく》な瞳《ひとみ》で志波とハルトの作業をじっと見つめている。どぎまぎする志波とは対照的に、ハルトは子どもに向けて微笑む。子どもは笑顔を返し、自分の作業に戻った。

「リョーくん、集中しないと手を切るよ」

「わかってる！」

ハルトは志波の手をしっかりと握る。

「ここは力を入れるんだ」

「こうか？」

「そう、いい感じ！」

志波は自分の感情の行き先に戸惑いながらも、ハルトの指示に従う。ハルトの手が志波の指先に力を与え、不器用さを補う。

「こっからは細かい部分だよ。ゆっくりやろう、リョーくん」

ハルトが顔を寄せると、彼の髪が志波の頰や耳をふわりと撫《な》でる。彫刻が進むにつれて、恥ずかしさが薄れていく。この感情をどう捉《とら》えるべきか、志波にはまだわからない。ただ、ハルトに導かれるまま、ランタンを作り上げていく。いつしか喧騒《けんそう》が遠くなり、ふたりだけの世界に志波は没頭していった。

ちょうど三〇分でランタンは完成した。商品として売れそうな出来栄えで、志波は達成感を覚えた。誇らしげにランタンを高く掲げるハルトは、純粋な子どものようだ。

「なんやかんやで付き合ってくれるリョーくん、やっぱやさしいね」

「無理やりやらせたんだろうが」

文句を言いつつも、彼の笑顔を見ていると心が和む。同時に、風間とランチで交わした会話が頭をよぎる。自分自身を完全には理解できていないという事実を――

「それじゃ、俺は行くよ。リョーくんが帰ったら作戦会議ね」

ハルトは手を振り、ランタンを持って去っていった。

ひとりになった志波は、彼との共同作業で感じた気持ちを思い返す。恥ずかしいはずが、受け入れてしまったのはなぜだ。以前であれば、あんな真似をされたら確実に拒絶したはずなのに。

ハルトへの思いに、否定できない変化が生じている。それは単なる錯覚なのか、それとも、認めたくない感情なのか。もしかすると、ただ真実に向き合うことを避けているだけなのかもしれない。

ヒュウッと冷たく乾いた風が、志波の頰を撫でた。

「……休憩は終わりだ」

志波は独りごちて、事務所へと急いだ。


一日の業務を終えた志波が帰宅すると、多肉植物の隣でランタンが不気味に輝いていて、キッチンからは和風だしのにおいが漂ってきた。「おかえり」とハルトがエプロン姿で現れ、カボチャの煮物を食卓に並べる。

「彫ってたときから食べたかったんだ。リョーくんは味つけ薄めが好みだよね？」

「砂糖で甘ったるいのは苦手だ」

「そう思って、素材の味を活《い》かしてある。煮ると自然の甘味が増すんだよ」

ほくほくのカボチャに舌鼓を打ちながら、志波はハルトとの作戦会議を始める。

まず、それぞれの役割から確認する。

志波は、企業の担当者と連携して、主に社内の調査を進める。

ハルトは、麻衣子のプライベートを攻める。彼女の動機は、社内の問題ではないかもしれない。その点を調べるにはＳＮＳが手っ取り早いが、彼女が実名で運用しているアカウントはないようだった。

「まあ、任せて。それじゃ、今回もよろしく」

ハルトは握手を求めて、志波に手を差し出す。しかし志波は握手をためらってしまう。触れることを意識してしまい、前回のように自然に返せない。

いや、これは仕事である。そう自分に言い聞かせて、志波は手を伸ばす。ハルトの大きな手は、志波の心まで握りしめるように、がっしりと力を込めた。

言い知れぬ情動がこみ上げるのを感じながらも、志波はハルトをまっすぐ見る。

「正式契約の一発目だ。期待している」

「そっちこそ、俺の情報を役立ててよ」

視線を交わし、お互いにしっかりと頷《うなず》いた。

【ハルト】

麻衣子は今日もジムで汗を流していた。一心不乱に漕《こ》いでいたフィットネスバイクから降りると、休憩スペースで水分補給をする。

そこにマッチョな中年男性がやってきて、彼女に話しかけた。アドバイスのふりをしたナンパだ。麻衣子はやんわりと拒絶するが、男はしつこい。

麻衣子は助けを求めるようにあたりを見回す。

「――どうしました？」

佐藤《さとう》というスタッフ証を付けたインストラクターが声をかけた。麻衣子は視線でマッチョな男を指し示す。

「あの、こちらの方が……」

インストラクターはすぐさま状況を察知し、男の前に仁王立ちした。

「お客さま、迷惑行為はやめていただけますか」

「いや、俺はただ、トレーニングについて話してただけだから」

不愉快そうな男に対して、インストラクターはぐいっと接近する。

「どこを鍛えたいんですか？　僕が教えます」

「いいよ」

「遠慮なさらず。一緒にやりましょう！　さあ！」

インストラクターが声を張ると、周囲の利用客がじろじろと様子を窺《うかが》う。するとマッチョな男はバツが悪そうに顔を歪《ゆが》め、すごすごと退出した。

インストラクターは肩をすくめると、麻衣子を気遣う。

「大丈夫でしたか？」

麻衣子はほっとしたように微笑む。

「はい、助かりました。ありがとうございました」

「いえいえ。ではトレーニング頑張ってください！」

さわやかな笑顔を残して、インストラクターは立ち去る。背中に麻衣子の視線を感じながら。

——針にかかったかな。

部屋を出ると、佐藤のスタッフ証を外して、ハルトはフフッとほくそ笑んだ。

麻衣子がジムから退店するとき、ハルトはさりげなくタイミングを合わせた。軽く頭を下げて、「あ、どうも」とあいさつをする。

「先ほどはありがとうございました」と会釈を返した麻衣子の目が、ハルトが肩にかけたテニスラケットに留まる。

「テニス、されるんですか？」

「ええ、身体を動かすのが好きなんで。パーソナルコーチとかもしてるんです」

「私、趣味でテニスやってるんです。まだ全然下手なんですけど」

「へぇ、そうなんですねっ！」

趣味は社員紹介で予習しているが、大げさに驚いてみせる。

意気投合し、テニスについての雑談をしながら、地下鉄の駅に向かう。

麻衣子は一年前に始めたと言い、サーブの技術について熱心に訊《たず》ねる。ハルトは腕を磨くためのアドバイスをする。もちろん、教本の受け売りだ。好きなテニスプレイヤーは、適当に話してもバレないような、昔のマイナーな選手を選んだ。

「周りにはテニスの話をできる人がいないからうれしい」麻衣子はよろこんだ。

改札まで来て、お互いの行き先を確認する。

「俺は練馬《ねりま》です」

「じゃあ逆ですね。私は台東区《たいとう》なので」

向かう方向まで同じというのはできすぎだ。彼女の自宅は上野《うえの》のワンルームマンションだと尾行で突き止めていたが、そこまで行く必要はない。

別れ際、ハルトは名残惜しそうな演技をする。

「せっかくなんで、よかったら今度、一緒にテニスしませんか？」

「ぜひ教えてください」

連絡先を交換して、駅のホームで彼女と別れた。

つづいて、ハルトはチャットアプリでメッセージを送信する。相手は、二丁目の飲み仲間だ。

《さっきはありがと。全然バレてない。今度一杯おごるから》

《うまくいってよかったよ。女のナンパなんて慣れてないからさ笑》

ジムでのナンパは、ハルトの仕込みだった。麻衣子はまんまと信じていた。厄介な男を追い払った正義の味方だと。

これでまずは懐に入り込んだ。次は、動機の調査だ。


ある夜、麻衣子は会社を出ると、いつもの帰り道を選ばず、大通りからタクシーに乗った。ハルトは何かが起きそうな予感がして、彼女を追う。

麻衣子は二駅ほど離れた街でタクシーを降り、個室型の高級カラオケ店にひとりで入った。ヒトカラをするためにわざわざ遠出するわけがない。誰かに会う約束があると考えるのが妥当だ。

ハルトは巧みに変装して、カラオケ店に入る。トイレを探すふりをして、個室の小窓をさりげなく覗《のぞ》いていく。

するといると個室内で、麻衣子が誰かと言い争っていた。相手の顔ははっきりとは見えないが、麻衣子の表情は歪んでいる。歌う気配は微塵《みじん》もない。立ち止まって覗いていると怪しまれるので、ハルトは店の外で待つことにした。

三〇分もすると、不服そうな顔の麻衣子が出てきた。今回、彼女は重要ではない。知りたいのは、彼女が話をしていた相手だ。

麻衣子が去ってからしばらくして、スーツ姿の壮年男性がひとりで出てきた。中肉中背で、髪は薄くなりかけ、疲れ果てた顔をしている。おそらく、麻衣子が揉《も》めていた相手は彼だろう。ハルトはこの男性に見覚えがあった。麻衣子を尾行するために会社近くで張っていたとき、FEテクノロジーのオフィスが入っているビルに出入りしていた。ハルトは彼の顔をスマホで撮ると、志波に送信して、尾行を開始した。


調査を終えたハルトは、夜遅く、久しぶりに志波の家に帰った。そして志波の待つ部屋の扉を開けたとき、目を疑った。

テーブルの上に、特盛りのカツカレーとステーキ、から揚げが並んでいる。志波の食事とは思えない。

「リョーくん、これは?」

問われた志波は、どこか照れくさそうに視線を逸《そ》らした。

「情報の対価だ。君のおかげで仕事もはかどっている。手料理ではなく、出来合いの品だが」

「ありがとっ！」

ハルトは両手を合わせて拝む。しかし志波はいつものように、つれない。

「事務所帰りに買ってきただけだ。感謝されるものではない」

淡々とした言葉の裏に、ハルトはやさしさを感じた。それは、人身オークションのトイレで見せた保身のためのやさしさとは違う、時間をかけて築かれたものだ。

「それにしてもさぁ……」ハルトは料理を指して笑う。「さすがに肉多すぎじゃない？　つか肉しかないじゃん」

「君の好物を揃えた結果だ」

「え、覚えててくれたんだ⁉　俺、一回言っただけだよね？」

「お、覚えたくて覚えたわけではない。記憶力はいいんだ。では報告を始める」

志波はつんけんして返し、さっさと資料を準備する。

ハルトはもりもりと肉を食べつつ、志波と作戦会議をする。

まず、カラオケにいた壮年男性について。志波が担当者に顔写真を照会したところ、

ＦＥテクノロジーの研究開発部長、水崎孝志《みずさきたかし》・五一歳と判明した。

ハルトの尾行で、水崎は郊外の一戸建てに住んでおり、妻子がいるとわかっている。一方、麻衣子はワンルームマンションなので、独り身だろう。

「不倫で揉めてた可能性はゼロじゃないけど、水崎は冴《さ》えないおっさんって感じだし、違う気がする。俺は不正絡みだと思う」

ハルトの推測に、志波は頷《うなず》く。

「不正に研究開発部が関係しているとなると、重大な事案かもしれない。担当者にはそこを探らせる。君は鈴阪からもっと情報を聞き出せないか？　連絡先も手に入れたのだろう？」

「うん、だいぶ仲良くなってきた。〝佐藤シンイチ君〟としてね」

ハルトは胸を張る。彼女とはメッセージであいさつや雑談を重ねて、テニスでも何でも誘えるほどの信頼を得ていた。

「社外で気楽に話せる相手ができてうれしいみたい。でも意外と、俺、狙われてる感じもする」

「君に本気になるということか？」

志波に怪訝《けげん》に訊《き》き返され、ハルトは渋い顔をする。

「それは面倒くさいし、困るけどね。まあシゴトとしてうまくやるよ」

から揚げを食べるハルトの前で、志波は何とも微妙な表情を浮かべていた。

土曜日の夕方、ハルトと麻衣子は荒川《あらかわ》沿いのテニスコートでレッスンをしていた。ハルトはこれまでテニスの経験はなかったが、持ち前の運動神経のおかげですぐに上達し、初心者相手のコーチとしては十分な実力を身につけていた。

日が暮れてボールが見えなくなると、レッスンを終えた。ハルトは汗ばんだ額を拭《ふ》きながら、緊張したふりをして、麻衣子を食事に誘う。

「おいしくて、すてきなお店があるんです。もしよかったら」

「私も食事をしたいと思ってたんです」

麻衣子はうれしそうに即答した。

ハルトは麻衣子を連れて、個室タイプの和風居酒屋に入った。ほのかな灯《あか》りに包まれた和やかな空間で、談笑しながら酒と料理を楽しむ。麻衣子は酒が強くないのか、ビール一杯目で頬を赤くした。

食事が進むにつれ、言葉もくだけて、敬語ではなくなった。ハルトは彼女に飲ませつつ、流れを読んで仕掛ける。

「麻衣子さん、ちょっと手のひらを見せてくれない？」

「え、どうして？」麻衣子は首をひねった。

「最近手相占いにハマってて。でも自分の手しか見るものがなくて」

ハルトは右手を大きく広げて、苦笑いを浮かべる。

「じゃあ、せっかくだから」

麻衣子は右手を差し出した。ハルトは彼女の手を包むように握り、じっくりと手相を見る。

「……うーん。生命線に横線がいっぱい出てる。財運線や太陽線も、運気が……」

「よくないの……？」

ハルトは顔を上げて、心配そうに麻衣子を見つめる。

「すごくストレスが溜《た》まってるでしょ。人間関係とか、お金のこととか」

当てずっぽうだが、悩みはだいたいこのふたつだ。

麻衣子はわずかに戸惑いを浮かべたが、ハルトの温かい眼差《まなざ》しに安心したのか、少し照れくさそうに口を開いた。

「全部当たり。とくに、恥ずかしい話なんだけど、お金のことで……」

「お金？」

ハルトが意外そうに返すと、麻衣子は沈んだ顔で話す。

「大金がいるんだけど、私の収入じゃ足りなくて」

「それは大変だね……」

ハルトは質問せずに、ただ共感する。麻衣子は、誰かに話を聞いてほしかったらしく、ぽつぽつと吐露する。

妹がホストにはまり、馬鹿だと思いつつも見捨てられずに連帯保証人になったところ、数百万の借金を背負わされ、ヒドい目に遭っている。それでイライラすることが多くなった、と。

ハルトは口を挟まず、相槌《あいづち》を打って同情を示す。すると麻衣子はビールをごくごくと飲み、ため息まじりに愚痴を吐く。

「私がこんなに苦労してるのに、楽してお金を稼いでる人がいるんだよね。悪いことしてさぁ」

「そんな人がいるの？」

麻衣子は声を潜める。

「ここだけの話。会社の人間が、機密情報を他社に売ってるの」

核心に触れた。ハルトは内心では歓喜するが、演技で驚いたふりをする。

「それってヤバいんじゃないの」

「バレたらクビでしょ。それで、私だけがその秘密を知ってるんだけど、正直許せなくてさ。『黙っててあげるから、少しわけて』って言ってみた……なんて、もちろん冗談よ」

麻衣子は冗談っぽく言ったが、本気で脅したのではないかとハルトは感じる。カラオケで揉めていたのは、おそらくこの件だろう。

ハルトは彼女の冗談に軽く乗ってみる。

「でも、もしお金をわけてもらえたら、麻衣子さん助かっちゃうね」

「じつは最初、彼は三〇〇万円払うって言ったのよ。でも全然払ってくれなくて」

「え、そうなんだ？」

「だから、小細工もしたんだけどね。彼が焦るように告発の噂を流してみた」

いまの話からすると、会社に告発の情報提供をしたという匿名の社員は、彼女自身なのかもしれない。

ふと、麻衣子は決まりが悪そうに言う。

「あ、ごめんね。私のことばっかりで」

「ううん。話してくれてありがと。応援するよ」

「じゃあ、もっと手相を見てくれる？　私どうしたらいいかな……？」

彼女はハルトに手を差し出し、潤んだ瞳《ひとみ》でじっと見つめた。

店を出ると、夜空は曇っていて、ひんやりとした空気が肌を刺す。泥酔した麻衣子は足取りがふらついている。

「大丈夫？」とハルトが振り向いた瞬間、いきなり麻衣子は抱きつき、首にキスをしてきた。

「ちょ、麻衣子さん……！」

彼女の思わぬ行動に、さすがに焦った。真実を引き出すためとはいえ、飲ませすぎたかもしれない。

「シンイチくん、やさしぃよねぇ……」

呂律《ろれつ》の回っていない麻衣子は、ハルトに腕を絡めて、しなだれかかる。知的な彼女は影を潜めて、感情のままに動いている。日頃、誰にも相談できず、寂しくてつらい思いをしているのだろう。

ハルトはタクシーを呼び止め、麻衣子を支えながら一緒に乗り込んだ。

車内に座ると、ハルトはふと外を見た。

そこには、店の近くで待機していたはずの志波がいた。彼の眼差しには、言葉にできない思いが溢《あふ》れているように見えた。薄手のコートの端を握りしめて立つ姿は、秋風に吹かれる枯れ葉のように、ひとりぽつんとしていた。

タクシーは静かに走り出し、志波の姿は闇に消えていった。

5章　絶縁

【志波】

いったい、店内で何があったんだ……？

遠ざかるタクシーのテールライトを見つめたまま、志波は立ち尽くす。

予定と違う。今日、志波は居酒屋の近くで待機していて、ハルトが麻衣子と別れたあとに合流するはずだった。

ところが、そうはならなかった。

ハルトは麻衣子をタクシーに乗せて、夜の街に消えていった。

彼らはどこに向かって、何をするつもりだ？

志波はスマホを手にし、ハルトにメッセージを送りかけた。だが、調査が継続しているならば、麻衣子に見られるとまずいので送れない。スマホを握りしめたまま、胸を焼く焦燥にとらわれる。ハルトは女性には欲情しないはずだ。しかし、情報を得るために一線を越えることも考えられる。

……いや、それの何が悪い？

ハルトには、どんな調査をしてもいいと告げてある。性的な関係を持とうと、結果を出せばそれでいい。

突っ立っていても時間の無駄だ。志波はそう思い直して、足早に帰路についた。

家に着くとすぐに、志波は別の案件に取りかかる。だが、集中できない。何度もスマホに手が伸び、ハルトからの連絡を確認してしまう。しかしメッセージは一通も届いていない。位置情報アプリを見ると、上野にとどまっている。

胸騒ぎがする。何か、大切なものを失いかけているような不安に襲われる。

居酒屋の前で見た光景が脳裏をよぎる。美男美女で、お似合いのふたりに見えた。

麻衣子がハルトに寄り添う姿に、焦るような気持ちが芽生えた。

麻衣子がハルトにキスをしたとき、胸がギュウッと締めつけられた。

ふたりがタクシーに乗り込んだとき、追いかけようとして、足を踏み出したい衝動を必死に抑えた。

時計を見ると、居酒屋を出てから二時間も過ぎている。ふたりがどこかで、キス以上の淫《みだ》らな行為をしているのではないかと妄想してしまう。

志波は頭を掻《か》きむしり、我慢できずに、ひとことだけメッセージを送る。

《どうなった？》

送信後も画面を見つめつづけるが、既読にならない。

「ハァ……」

なぜ、ここまで気に病むのだ。なんだ、この気持ちは。まるで、全身を毒に蝕《むしば》まれているような苦みを感じる……。

もやもやを晴らすために、シャワーを浴びることにした。

憂鬱《ゆううつ》な気分でシャワーを出て下着を穿《は》いたところで、ガチャリとドアの開く音が聞こえた。

「ハルト!?」

志波はバスローブを慌てて羽織り、玄関に駆ける。そこには、少し疲れた顔のハルトがいた。

「ただい——」

「どうして返事をしなかったんだ」

志波が遮ると、ハルトはわずかに目を見開いた。

「あ、ごめん。めんどくて」

ハルトは靴を脱ぎ散らかし、志波の横をすり抜けて、すたすたと奥に向かう。麻衣子の香水が彼に移ったのか、いつもとは違うにおいが漂った。

志波はハルトを追いかけて問う。

「ずいぶん遅かったが、彼女と何があった」

ハルトは驚いた顔で振り返った。

「え、そっちから？」

「何がだ」

「不正の話じゃなくて？」

意外そうにハルトは言った。

「無論、それも重要だが……君は返事もしないし、あんな去り方をしたら気になるだろう」

「泥酔してたから家まで送っただけだよ」

「何もしてないのか？」

「してないって」

ハルトはリビングに入るなり、コートを脱ぎ捨て、ウォーターサーバーから水をコップに注ぐ。志波は彼の返答に納得いかず、腕を組む。

「送っただけにしては遅すぎるだろう」

「ひとりで飲み直してた。愚痴ばっかで、おいしく飲めなかったからさ」

「本当か？」

「つかりょーくんどうしたの。恋人みたくしつこいんだけど。嫉妬《しっと》？」

ハルトが挑発的に言い放った言葉で、志波の心臓が波うった。

（ま、まさか、嫉妬なわけが……）

しかし否定しきれず、感情を整理しようと、息を吐き出す。

「ハァ……。調査員とターゲットの動向を気にするのは当然だ」

「あ、ひょっとして、俺が彼女とやっちゃうとか心配してた？」

「それはそれで問題だ」

「でも俺、女にはまったく興味ないからできないし。でも、酔ってるとはいえアレはびっくりしたよね」

不意にハルトは志波に腕を絡めて、首に顔を近づけた。彼の吐息がふわりと首筋をくすぐる。

「何をする！」

身をよじって志波は逃げた。全身に鳥肌が立っている。

ハルトはアハハと腹を抱えて笑う。

「俺がやられたことを教えてあげただけだよ」

「ふざけるのも大概にしろ」

「エロい格好してるほうも悪くない？」

ハルトは妖艶《ようえん》な目つきで志波の身体を見る。羽織っただけのバスローブが淫らにはだけていた。

「服を着てくるから、報告の準備をしてろ！」

志波は一瞥《いちべつ》を投げて、浴室に戻った。

リカバリーウェアに着替えた志波はリビングに戻り、ハルトの隣に腰かけた。
「それじゃ、再生するよ」
ハルトはスマホを操作して、居酒屋での隠し録り音声を流す。
［あはは、シンイチくんってモテそうなのに］
［いや、全然。麻衣子さんこそ］
［ううん、仕事一筋で全然］
麻衣子の声は、志波が面談したときの強硬な雰囲気ではなく、親しみやすいお姉さんのようだ。笑いの絶えない仲睦《なかむつ》まじい会話を聞いていると、得体の知れない塊に心が圧迫される。
「まだそんな真剣に聞かなくていいよ」
不意にハルトに肩を叩《たた》かれ、志波は無意識のうちに眉間《みけん》に皺《しわ》を寄せていたことに気づかされた。

「ん、ああ。では、無駄話は早送りしてくれ」

志波は雑念を振り払い、聞き取りに集中した。


「――なるほど。開発部長の水崎は、機密を売っている。そして彼女は何らかの手段で水崎の不正を知った。金が必要だった彼女は水崎を強請《ゆす》り、脅し取ろうとした。だが水崎は支払いを渋ったので、彼女は告発をちらつかせて脅した」

麻衣子は『告発は正義』だと謳《うた》っていたが、実際は利己的な理由だった。切実なのは理解できるが、正当化はできない。

ハルトの行動にはヤキモキさせられたが、今回も重要な情報が手に入った。

「あとは私に任せてくれ。近日中にクライアントを交えて、話し合いの場を設ける」

「うわ〜、修羅場だね〜」

ハルトの軽口に、志波は苦笑する。

「楽しそうにするな」

「へへッ。ところで、彼女から連絡が来たらどうする？」

「うまくかわしておいてくれ。話し合いの最中に、君がスパイだったと気づかれるかもしれないが、そうなった場合はこちらで対処する」

「了解。こっちでも関係は終わらせる」

そうは言っても、志波はいくぶん気がかりだ。

「大丈夫か？　君は彼女に気に入られているようだったが」

「俺が女に興味ないってバラせば、それでおしまいだよ」

「ならいいが……」

女性の扱いに関するスキルはないので、ハルトに全面的に任せる。

「でもさ」ハルトはニヤリと志波を見る。「仕事一筋でずっと恋人いないって、リョーくんと同じだね」

「一緒にするな」

「寂しくないの？」

「気楽でいい。さあ、私はこの件を取りまとめる。君はシャワーを浴びてこい。香水臭いんだ」

志波は追い払うように手を振る。ハルトはフッと笑みをこぼし、去っていった。彼の座っていた場所には、女性の香りがほのかに残っている。志波は言いようのない気持ちになり、書類でパタパタと扇《あお》いで香りを散らした。

翌日、志波はハルトから得た情報をＦＥテクノロジーの担当者に知らせ、機密漏洩《ろうえい》について水崎を調べるように命じた。ただし、ハルトを仕掛けた件は伏せて、『匿名の関係者からの情報提供があった』とした。また、強請りの件はまだ告げない。その理由は、まずは不正の処理から進めるためだ。

それから三日後。

オラクルム法律事務所の会議室に、関係者三名が集められた。志波と担当者が並んで座り、対面には、仏頂面の麻衣子と、肩をすぼめた水崎がいる。水崎はうつろで、年齢よりも老けて見え、シャツの襟首には汗がにじんでいる。

志波は両手をテーブルに置き、前かがみの姿勢になる。

「では、始めましょう。最初に、内部調査の結果をお知らせください」

促された担当者は書類を提示する。

「水崎は機密情報を他社に漏洩し、対価として一千万円近い金銭を得ていたことが確認できました」

「申しわけございません……」

水崎はテーブルに頭をこすりつける勢いで謝罪した。彼が競合他社に売ったものは、プラズマ発生に関する過去の実験データと、申請済みの特許文書だった。

担当者は報告をつづける。

「水崎の処分についてですが、社長はたいへん憤慨しており、不正に得た金銭の返還と損害賠償の請求、および、懲戒解雇処分を検討しています」

　当然だが、厳しい判断だ。懲戒解雇は退職金も出ず、最悪な処分となる。それゆえ訴訟や労使紛争に発展することもあるため、慎重に判断しなければいけない。

　水崎は裏返りそうな声で、自分よりも若い担当者に懇願する。

「解雇は勘弁してもらえませんか……！」

「私が決めることではありません。まずは解雇の正当性について、志波先生に伺いたいのですが……」

「はい」

「先生！」

　志波が発言する前に、水崎は必死になって主張し始めた。

「私が漏らした情報は、会社にとって致命的なものではありません。それに、私がいなくなれば、プロジェクトも研究も頓挫《とんざ》してしまいますが……！」

　自分の必要性を訴え、交渉の余地を模索している。それに対して、担当者は不快そうにする。

「あなた、自分の過ちをわかっていますか？」

「減給や降格は受け入れます。ですから、どうか公にせず、会社に残してください。心を入れ替えて、誠心誠意、働きますから……」

「ああ言ってますが……」

担当者は困った顔で、志波に発言を求めた。

志波はすでに答えが出ていたが、先に水崎本人の口から事実を確認したい。

「水崎さん、ひとつ伺います。あなたが不正をしたきっかけは何ですか？」

「それは……」

水崎は考えをまとめるように、訥々《とつとつ》と語り出す。

——自分は研究開発の要となるポジションにいながら、給料は低く、生活は苦しく、報われていないとずっと感じていた。転職も考えたが、希望に合致するものは見つからなかった。そこで、自分で『問題ないだろう』と判断した機密を、他社に売った。それが露見しなかったため、継続的にやるようになった。

「魔が差したんです……」

水崎は力なくつぶやいた。

つまり不正行為の理由は、プライドと会社への不満、そして経済的なプレッシャーだったというわけだ。水崎が話すあいだ、麻衣子は無表情で黙っていた。

志波は淡々と見解を述べる。

「どんな理由があろうとも、情報の漏洩は重大な契約違反です。いくら水崎さんが『問題ない』と判断したものでも、会社の競争力に損害を与える可能性があります。

したがって、懲戒解雇は法的に正当です」

「そんなっ……！」

青ざめた水崎に向けて、志波は冷酷に、秘密保持義務違反についての判例を挙げる。

「たとえば、平成一四年の事件では、会議資料を競合他社に漏らした社員の懲戒解雇処分が有効と認められています。それとは別件で、情報漏洩に関与した社員に対して、一億円を超える損害賠償を求めて提訴し、支払いを命じた例もあります」

水崎はがくりと肩を落とした。

「ただし」志波は話を切らず、担当者に視線を移す。「懲戒解雇や訴訟については、考え直してはいかがかと」

担当者は首をかしげた。

「と、言いますと……？」

「先ほど水崎さんがおっしゃったとおり、研究の中心人物を失うことは痛手です。そのうえ、訴訟によってこの問題が公になれば、企業の評判に傷がつきます。メディアや株主からの批判も避けられません。不正は許しがたい背信行為ですが、罰と利益を天秤《てんびん》にかけて、熟慮すべきです」

水崎の口から、ふーっと長い息が漏れた。

「ありがとうございます……」

感謝される筋合いなどない。志波は水崎の気持ちなどいっさい考えていない。むしろ愚かな下等生物だと蔑《さげす》んでいる。今回の判断は、クライアントと事務所の利益を最優先しただけだ。

つづけて志波は担当者に提案する。

「以上から、水崎さんの処分は社内で処理するのが適切だと思われます。今後、彼には権限を持たせず、研究に集中させる形がいいでしょう」

担当者と水崎は頷《うなず》いた。一方で、麻衣子はそわそわしている。強請《ゆす》りが発覚せずに終わってほしいと願っているのだろうが、追及しなければいけない。

「次に、鈴阪麻衣子さん」

志波に声をかけられると、麻衣子はじっとりと目線を合わせた。

「なんでしょうか」

「告発の計画について伺います。答えることは〝義務〟ではありませんが、嘘を吐いても得することはありません」

「わかりました」硬い表情で麻衣子は頷いた。

では、始めよう。

志波は麻衣子に鋭い目を向ける。

「あなたは知財部の責任者でありながら、水崎さんの不正行為をすぐに内部通報せず、告発の準備をしていました。なぜですか？」

「迷っていたんです」

「迷っていた？」

「はい、社内で解決すべきか、公表すべきか……。そのうち、私が告発を考えているという噂が出てきて……」

酒席でハルトに語ったことと違う。つまり、彼女は真実を話す気はない。

ひとつジャブを打つ。

「あらためて確認しますが、告発の計画は、正義心によるものですか？」

「そうです。先日もお伝えしましたが、内部通報では、問題が軽視される恐れがあると考えました。もみ消されるという話も聞きますし」

今日の彼女は、面談をしたときと同じ調子で、ハルトに見せた甘さはない。

居酒屋での録音をここで流してもいいのだが、彼女が否定したときのために、切り札として残しておく。場を荒らす必要はない。無駄なエネルギーを消費するだけだ。

さて、彼女の威勢を崩すとしよう。

志波はメガネのブリッジに人差し指を当てた。

「私の見立てでは、あなたの行動には正義以外の理由があるように思います。それはお金です。水崎さんが受け取った一千万円から、いくらか強請り取ろうとしましたね」

「っ……!?」

麻衣子は息を呑《の》み、目を泳がせる。どこから情報が漏れたのかわからず、混乱しているようだ。やがて〝佐藤シンイチ〟にたどり着くかもしれないが、その前に、志波は刃《やいば》を突きつける。

「不正行為を知ったあなたは、水崎さんを強請り、分け前を得ようとした。しかし、水崎さんが支払いを拒んだため、揉《も》めていた。違いますか？」

「そ、そんなことは――」

「いえ、そのとおりです！」

水崎が遮った。麻衣子はじろりと睨《にら》むも、水崎はかまわずにつづける。

「金を払わないとバラすと、彼女は脅してきました」

「ちょ、ちょっと。どういうことですか……」

激しく狼狽《うろた》える担当者に、水崎は事情を明かす。

彼が麻衣子に不正の尻尾《しっぽ》を摑《つか》まれたきっかけは、知財部が作成した古い特許申請書のダウンロードを数回行ったことらしい。競合他社から『データに加えてそれも提供すれば報酬を増やす』と言われて、欲に目がくらんだ。しかし、進行中のプロジェクトと古い書類はまったく関係がないことから麻衣子に怪しまれ、カマをかけられて、まんまとしゃべってしまった。

ぎりぎりと唇を嚙《か》んでいる麻衣子を、志波は淡々と攻める。

「鈴阪さん。あなたは知財部の部長として、機密情報を守るという責任を負っています。しかし、あなたは不正行為を黙認し、それどころか脅して金銭を得ようとした。これがあなたの『正義』ですか」

完全に凍りついた麻衣子を横目に、志波は担当者に声をかける。

「鈴阪さんの処分についても、御社の内部で慎重に検討していただきたい。私からは、今回の件を踏まえて、具体的な改善計画を提案します」

志波は用意していた資料をテーブルに広げる。

「まず第一に、社内のコンプライアンス教育の強化と、不正防止策の徹底的な見直しを勧めます。さらに、不正行為の影響を明らかにするために、包括的な調査とヒアリングを行い、報告書にまとめること。これらの施策には一定の費用がかかりますが、御社の将来を考えたとき、重要な投資となるでしょう」

担当者は志波の提案を真摯《しんし》に受け止め、しっかりと検討することを約束した。麻衣子と水崎には、不正行為の代償として、厳しい処分が下されるだろう。

志波は休憩室に入り、紙コップにコーヒーを注ぐと、窓際の席に腰かける。新宿の街を眼下に眺めながら、ハルトに成功を報告する。返信はすぐに届き、祝福のスタンプとメッセージが画面に躍る。

《おつかれ！　さすが俺の相棒！　帰ってきたら話を聞かせて！》

読むだけでハルトのよろこぶ顔が想像できて、自然と頬がゆるんでしまったが、同時に、頭の奥から不安がもくもくと湧いてくる。

ハルトは本当に麻衣子との関係を断ち切れるのか？　彼女がしつこく連絡をしないと保証できるのか？　今ごろ、彼女から『慰めてほしい』というメッセージが届いているのではないか……？

スマホに目を落としていると、もじゃもじゃ髪の男が対面に座った。風間だ。

「一〇〇人目とうまくやってるようだね」

風間は湯気の立つ茶をすすりながら、窺《うかが》うように話しかけてきた。志波は頬を引き締め、サッとスマホをしまう。

最近、事務所内では『志波の一〇〇人目』という話題が飛び交っていた。志波がいつクビを切るか、ランチをおごる賭《か》けの対象にもなっているらしい。聞くに堪えない愚行だ。

風間は好奇の眼差《まなざ》しを志波に向ける。

「しかし、君と相性がいいなんて、どんな人物なんだい？」

「何者でもないが、誰にだってなれるようなやつだ」

「ふむ、一度お目にかかりたいものだね」

「厄介なことになるからやめておけ」と志波は答えたものの、ハルトへの感情について、彼の見解を聞いてみたいとも思った。

そんな志波の考えを察したかのように、風間は口を開いた。

「ところで、告白されたクライアントの件はどうなった？」

「ああ、あれか……」

志波は少し間を置き、慎重に言葉を選ぶ。

「とくに状況は変わっていないが……この前、君はクエスチョニングの話をしていたな？　クライアントはもしかしたら、男性にも興味があるかもしれないようだ」

「へえ、そうなんだ。気づいたきっかけでもあった？」

「抱きしめられても不快ではないらしい。それに、その相手が他の誰かと楽しんでいるところを想像すると、胸がざわつくそうだ」

話していると、志波は腹のあたりにむず痒《がゆ》さを覚え、コーヒーを飲んで気を紛らわせる。すると風間は天使のように微笑み、おだやかな声で言った。

「それは、恋かもね」

恋。

志波は紙コップを唇に当てたまま、固まった。

この気持ちが『恋』だというのか？

風間は窓外の景色に目を向けつつ、おだやかに語りかける。

「自分の世界がひっくり返るような事実は、簡単には受け入れられない。でも、無理やり気持ちを抑えることは、精神的によくない。風に身を委ねるように、自分の感情に素直になることが一番だよ」

志波は動揺を抑え込む。

「わかった。クライアントにはその旨を伝えよう」

「またいつでも相談して」

風間はにこやかに手を振り、去っていった。

志波は、あらためて自分の内面と向き合う。

恋だと？

不確かな感情に名をつけられた途端、急に現実味を帯びてきた。甘さと切なさ、そして漠然とした恐れが入り乱れ、くらくらとめまいがする。

この気持ちに身を委ねたら、どうなってしまうのだ……？

風間の放った爆弾におののいていると、スマホが鳴り響いた。ドキリとして確認したところ、岩峰所長からの呼び出しだった。

所長室に入ると、書類に目を落としていた岩峰が、ゆったりと顔を上げた。

「志波君、ご苦労。FEテクノロジーの件、よくやってくれた」

成功を讃《たた》える言葉とは裏腹に、岩峰の表情は険しい。

志波は直感で先を読む。

「次の案件は、相当厳しいものですか？」

「察しがいいな」

英語の書類を岩峰は差し出した。事務所のニューヨークオフィスが手がける、アメリカの重要案件だった。

クライアントは日系の自動車部品メーカー。製品の欠陥による死亡事故で訴えられており、第一審では五億ドルという賠償金の支払いを命じられていた。状況をひとことで言えば、敗訴寸前だ。

「この案件は把握しています。苦戦していることも」

志波が返すと、岩峰は顎《あご》に手を当ててうなる。

「いま、あちらでは第二審への準備が進んでいるが、見通しは厳しい。そこで助っ人として、君の力を貸してやってほしい。目標は第二審での逆転だ。会議は夜間にリモートで進めるので、手持ちの案件はそのまま継続してもらうことになる」

スケジュールは厳しいが、訴訟大国アメリカが相手というのはおもしろい。今回はあくまでも補佐役で、アメリカの法廷に立つわけではないけれども、ここで手柄を上げれば『RYOMA SHIBA』の名はニューヨークにも轟《とどろ》き、キャリアの大きな飛躍となるだろう。

「もちろん引き受けます」

志波がしっかり頷《うなず》くと、岩峰は眉《まゆ》を上げた。

「さすがだ。では、どういったアプローチをする？」

「まずは裁判記録を徹底的に分析します。裁判官のコメントや陪審員の見解に注目し、打開策を見つけます」

「期待している。しかし、時間はない。一か月以内に結論を出してほしい」

資料の山が、志波の前にドサリと置かれた。その山は、控えめに言っても壮観だった。


所長室を後にした志波は、決意を胸に執務室へと戻り、英文資料を開く。

事故捜査の詳細から裁判のやり取りまで、専門用語がびっしりと記されている。英語に堪能《たんのう》な志波でも、読み解くのは容易ではない。

事務所には翻訳を担当するスタッフはいるものの、案件の専門性と機密性は彼らの手に余るものだった。志波の場合、翻訳を待つよりも、自分で進めるほうが早いので問題はないのだが、難解な文書が何百ページもあるのは気が遠くなる。

「資料もアメリカンサイズか」

自嘲《じちょう》気味につぶやいた。しかしこの重責は、所長からの厚い信頼の証《あか》しだ。

これから一か月、日中は国内の案件に追われ、夜は時差を利用してニューヨークのチームに協力することになる。

ハルトに手伝ってもらえれば負担は軽減するのだが、残念ながら、いま彼の調査が必要な案件はなかった。今回の相棒はカフェインになりそうだ。

深夜の事務所は人も減り、めっきり静かになる。そのなかで志波は孤独な闘いをつづけていた。プロテインバーを片手に、英文書類と対峙《たいじ》する。いまのところ快調だ。
しかし、人間の生理的な欲求には勝てない。休息のいらないロボットをうらやましく思いながらトイレへ向かう途中、スマホを見ると、メッセージが届いていた。
《帰ってこないの？》
短い返信を打つ。
《朝まで帰れない》
《手伝える案件はない？》
《そうだな》

《がんばってね〜》

ハルトの名前が表示されるたびに、かすかに心が揺れる。それが恋かどうかなど、いまは考えるべきではない——と煩悩を戒めるも、完全には振り払えない。まったくロボットがうらやましい。

トイレから戻った志波は、ふたたび資料の分析に没頭する。感情を抑え、勝利を目指す。それが志波にとっての『風に身を委ねる』だ。

＊＊＊

徹夜が一週間もつづいていた。志波は眠気を覚ますために、夜更けのトイレで顔を洗う。鏡に映った自分の顔を見つめていると、重いため息が漏れた。目の下にはクマがくっきりと現れ、肌は荒れてきた。

区切りもいいし、今日はひとまず帰るか。

このところの帰宅は、シャワーと着替えだけが目的になっていた。事務所に近い西新宿に陣を構えてやはり正解だった。

疲労困憊《こんぱい》で玄関のドアを開けると、今日はハルトの靴がきちんと並んでいた。彼もやっと片づけの大切さを学んだらしい。

ハルトが元気よく駆けてきた。

「おかえりっ！」

「ああ」

彼の笑顔を見た途端、肩が軽くなったが、それでも志波はぶっきらぼうに答えてしまった。ハルトが心配そうに顔を覗《のぞ》いてくる。

「大丈夫？　すごく疲れて見える」

「肌スコアの対決は、しばらく延期してくれ」

「いいけど、本当にきつそうだね。いちおう俺、前に言われたとおり、法律書の勉強はしてるから」

「それはありがたいが、現状、とくに調査を頼める案件はない。雑用は秘書がやってくれているし、事務所外の者に明かせない情報も多いからな」

「わかった。じゃあ、しばらくは家政婦役だね」

ハルトは残念そうに眉を寄せて、志波のコートを預かる。

「最低限、ルーチンを乱さないでくれればいい」

志波は会話を切り上げて、浴室に向かった。

シャワーを浴びるつもりが、なんと、風呂《ふろ》に湯が張られていた。アロマオイルの入浴剤まで置いてある。ハルトの気遣いだろう。いつもは時短のためにシャワーを選ぶが、せっかくなので今日はゆったりと湯船に浸《つ》かることにする。

入浴剤を入れると、ラベンダーの清々《すがすが》しい香りがふわりと漂う。身も心も癒《い》やされ、志波はほっと息を吐く。ハルトのおかげでいくらか回復できそうだ。

しかし、彼とのやり取りを思い返すと、無意識にそっけなくしてしまう自分に気づく。なぜ、距離を置いてしまうのか。深くかかわることへの不安か、または自分の感情に対する恐れだろうか。

「ふぅ……」

仕事を離れると、どうしても彼のことを考えてしまう。志波は湯船にどっぷりと頭まで浸かった。


風呂上がりの志波を出迎えたのは、野菜スープと蒸し鶏《どり》のサラダだった。ハルトが食べるように促す。

「たまにはちゃんと食べないと、倒れちゃうよ」

食事をする気はなかったのだが、においに誘われ、志波はふらりと席に着いた。

「アメリカの案件は進んでる？」ハルトが訊《たず》ねてくる。

「手応《てごた》えはあるが、相手は強敵だ」

志波はスープをすする。にんじんとたまねぎの甘さが疲れた身体にしみ、芯《しん》から温まる。

　ハルトはテーブルに頬杖《ほおづえ》をついて、物憂げにする。

「仮眠をしたら、また事務所に行くんだよね」

「ああ、三〇分だけ眠る。四時間後には法廷に立たなければならない」

「リョーくん、無理しすぎじゃない？」

「このくらいは普通だ」

「いや、普通じゃないでしょ」

「頂点を獲《と》るためには、これが普通だ」

　志波は決意を込めて答えた。

「どうしてそこまで自分を追い込むの？　もっと気楽に生きてもいいと思うけど」

　ハルトは本気で心配しているようだ。だが、志波はその考えは受け入れられない。

「君にはわからない世界だ」

「わかんないけど、九九パーセントの勝率を気にしてんの？」

「それは君には関係のないことだ」

　志波は視線を外し、蒸し鶏に手を伸ばす。もしかしたらハルトは、有栖院坊に毒を食らわされた敗北を探ったのかもしれない。いや、彼ならば当然調べているだろう。負けた過去には触れられたくないので、志波は話を逸《そ》らす。

「鈴阪麻衣子とはどうなった？」

「終わった。《会って話したい》ってメッセージが来たけど、《彼氏ができた》って返したらブロックされた」

「そんなものか」

「そんなもんだよ。よくあることだし、こっちも騙《だま》してたしね」

ハルトはあっけらかんとしている。ともかく、関係が断たれたとわかり、志波は安心した。

そのあと、話題はＦＥテクノロジー本体に移った。

水崎は大幅減俸に加え、肩書きを失い、研究職に降格した。一方で、麻衣子の過ちは不問となった。彼女への処分が甘いのは、強請りが公になっていない現状において、余計な騒ぎを避けるための措置だった。しかしながら、彼女の出世の道は閉ざされた。不正を察知した時点で、きちんと対処すべきだったのだ。さりとて、能力がありストイックに生きてきた彼女なら、おそらく危機も乗り越えられるであろう。

仮眠を取った志波は朝のルーチンを終え、出勤の準備をする。そこにハルトがやってきて、手作りのおにぎりを差し出してきた。

「持っていって。梅干しが入ってるよ。クエン酸が疲労回復にいいから。リョーくん、そういう合理的なの好きでしょ」

断る理由もなく、志波はおにぎりを受け取る。彼には趣味嗜好《しこう》をすっかり把握されている。一方で、志波は彼の内面をいまだに摑《つか》みきれていない。そして己自身もそうだった。

昼を過ぎ、裁判所から出たところで、志波はおにぎりを口にする。ほどよい塩味と梅干しの酸味が身体に染みわたる。ハルトに感謝のメッセージを送ろうとしたが、なぜか、手が動かなかった。胸のあたりに何か詰まっている感じがするが、知らぬふりをして、健康茶でサプリと一緒に胃に流し込んだ。

＊＊＊

冬の足音が聞こえてきても、志波は英文書との格闘をつづけていた。五億ドルという賠償金と、東京オフィスを背負うというプレッシャーをものともせず、志波の実力はニューヨークの法律家にも認められつつあった。リモート会議では、志波の分析がチームに新たな視点をもたらし、勝利への道筋を確実に示していった。

ハルトは毎日欠かさずおにぎりを用意してくれた。志波は内心では感謝しているが、口から出る返答はいつも「ああ」という無愛想なものだった。意図せず、つれない態度を取ってしまう。それでもハルトは献身的だった。

志波は執務室でおにぎりを食べながら、ときどき位置情報アプリを開く。今日もハルトはどこかに出かけているようだ。外出時は歌舞伎町にいることが多いが、あちこちをふらふらしている。どこで何をしているのか気になる。しかし、追及すると嫉妬《しっと》のような感情がまた湧きそうで、訊《き》くに訊けなかった。

秘書が新しい資料を携えて入ってきた。すると彼女の目が、おにぎりに留まった。

「それ、手作りですか？」

「そうだ……自分で作った」

妙に気まずくて、嘘を吐いた。しかし秘書はさらに怪しむ。

「意外です。お忙しいのに、お料理もするんですか？」

「仕事と関係のない話をしないでくれ」

「失礼しました」

秘書は頭を下げ、部屋を出ていった。

いま嘘を吐いてしまったことで、ハルトの存在を隠したい自分に気づいた。彼との関係性に踏ん切りがついていないのだと痛感する。もちろん明かす必要はないのだが、風間にも言えていないのは事実だった。

志波の勤務はますます過酷になり、疲労とストレスが日に日に増していた。国内とアメリカの案件が重なり、部下があきらかに足りていない。ハルトが担っている調査員としての役割と、勤務弁護士の職務は根本的に異なるため、一〇一人目を探そうかと思うほどだ。無論、価値のある人材はどうせ見つからないので、その考えはすぐに頭の外に捨てた。

朝晩の冷え込みも身体に応《こた》え、体調は徐々に下降していた。頭痛やだるさに悩まされ、エナジードリンクに加えて漢方薬やニンニク注射も取り入れた。ハルトとの肌スコア対決はもはや完敗だろう。

しかし、不調をハルトに悟られたくなかった。志波はもとより『完璧《かんぺき》なエリート弁護士』であろうと心がけていたが、彼の前ではとくに意識してしまう。

勘の鋭いハルトが不調に気づいていないとは思えないが、彼は何も言わず、おにぎりを作り、掃除し、法律書を読み、入浴剤を用意してくれていた。

彼の心遣いには感謝をする一方で、ここまで世話を焼かれることへの居心地の悪さもあった。これではまるで、人生の伴侶《はんりょ》ではないか、と。

おにぎりを食べるたびに、志波は身体と心が分裂するような違和感を抱き、かすかな胃の痛みに悩まされるようになっていた。

そして極限まで寝不足がつづいたある日。志波は休憩室でうたたねをして、コーヒーの入ったコップを落としてしまった。

「あっ！」

志波が声を上げると、近くにいた先輩弁護士たちが話しかけてきた。

「最近、顔色が悪いな。アメリカの案件が大変か？」

「問題ありません。もうすぐ終わります」

そっけなく対応してコーヒーを拭《ふ》こうとすると、先輩はニヤリとした。

「意外と、彼女と遊びすぎだったりして？」

「彼女……？」

志波は戸惑い、先輩に詳細を訊《たず》ねた。

するとどうやら『志波の一〇〇人目は恋人』という噂がまことしやかに流れているようだ。噂の発端は「志波が自分でおにぎりを握るわけがない」「一〇〇人目の正体を隠している」ということからの憶測だった。くだらなさの極みだ。

だが先輩たちはおもしろがって、口々に言う。

「志波の好みってどんなだろう？」「やっぱり頭脳明晰《めいせき》な人じゃないか」「氷の法王にも春が来たか……」

「黙れ！」

堪忍袋の緒が切れ、テーブルを叩《たた》いて怒鳴ってしまった。

休憩室はしんと静まり返る。

「わ、悪い……」

先輩たちは気まずそうに謝り、去っていった。

志波は額を押さえて、大きく息を吐く。

（おれはどうしてしまったんだ……）

これまでなら内心で蔑《さげす》むだけで、声を荒らげることはなかった。ストレス、体調不良、そしてハルトとの関係に悩み、心のバランスを崩しているのだろうか。

彼の毒が回っている――

いや、これもアメリカの案件が終われば改善するはずだ。

志波は自分を鼓舞し、休憩室を出ると、英文書の海へ飛び込んだ。


ついに、志波は勝利への道筋を作り上げた。ニューヨークの弁護士たちは熱烈に反応した。

「シバ、素晴らしい！　アメイジングだ！」「本当にありがとう。君のおかげだ」

海外からの歓声が心地よく響く。

「第二審はまだ先だが、かならずやシバの努力に報いる」とあちらのチームは約束した。岩峰も志波の仕事を賞賛し、力強く背中を叩いた。

志波はこの上ない達成感を得て、さっそくハルトにメッセージを送る。

《最高の結果を出したぞ》

《さすがリョーくん！　帰ってくるの待ってるよ！》

高揚した気持ちのまま、志波は疲れ切った身体を引きずり、帰途についた。

星がきらめく寒空の下、夜風が冷たく肌を刺し、ぶるりと震える。西新宿の高層ビル群がぐらぐらと揺れている。

地震か？

と思ったが、そうではない。身体がおかしい。めまいと寒気がする。緊張の糸が解けて、溜《た》まりに溜まった疲労が一気に襲いかかってきた。

息切れがして、ふらつく足取りで自宅の玄関にたどり着いたとき、志波はハルトの笑顔を目にした。そこで意識がフッと薄れた。

リョーくん！　リョーくん！

ハルトが呼びかけている声が遠くで聞こえた。


「うぅ……」

志波は気づくとベッドに寝かされていた。着替えた記憶はないが、リカバリーウェアを着ている。悪寒と頭痛がひどく、身体を起こせないほどつらい。自己管理の甘さを悔やむ。アメリカの案件は終わっても、国内の案件が山積みなのだ。

時計を見ると、午前六時だ。幸い、今日は法廷に立つ予定はない。出勤は難しくても自宅で作業はできるだろう。スマホで秘書に休暇を取る旨を連絡すると、這《は》うようにして寝床を出た。だが、廊下で力尽きてしまった。

駆けてきたハルトが怒鳴った。

「寝てろバカ！」

バカとは何だ、といつもなら言い返すところだが、そんな気力もない。ハルトは志波を抱きかかえ、力ずくでベッドへ戻すと、厳しい顔を向ける。

「起きてきたら、裸の画像を秘書に送りつける」

「だが、やるべき作業が……」

弱々しい声で反論すると、ハルトは首を横に振る。

「俺がやっとく」

「君ができるものではない」

「いろいろ見てたからできる。法律の勉強もしたし」

「勝手な真似をするな……」

しかしハルトを阻止するだけの力はなく、寝室を出ていく彼を見送るしかなかった。

身体は焼けるように熱く、汗に濡《ぬ》れたシーツと下着が肌にまとわりつく。苦しみにうなされるなか、首筋を撫《な》でる冷たい感触に気づき、志波はふっと目を開けた。枕もとでハルトが心配そうに見下ろし、手には湿ったタオルを持っていた。彼が汗を拭《ぬぐ》い去ってくれていたのだ。

「熱、まだ下がんないね……。これ、飲んでみて」

ハルトが差し出したスポーツドリンクを受け取り、渇きを潤す。水分が身体を巡り、わずかだが生き返った。

そのあと、ハルトは濡れたタオルを志波の額に置いた。やさしく揺れる彼の瞳《ひとみ》には、言葉にならないような思いが宿っていた——

翌朝、志波が目を覚ますと、熱はすっかり下がっていた。汗でぐしょ濡れになった服から着替え、リビングに向かう。

ソファで、ハルトがすやすやと眠っていた。熱に浮かされていたあいだの記憶はおぼろげだが、彼が看病してくれたことだけは鮮明に覚えていた。

机の上には、電源が入ったままのノートパソコンがある。確認すると、なんと事務作業が整理され、さらには訴訟の戦略まで練られていた。専門外のハルトが考えたものにしては、驚くほどの出来栄えだ。

（ひとりでやったのか……？）

ハルトに視線を戻すと、彼はすやすやと寝息を立てていた。

「ありがとう」

志波の口から、自然と感謝がこぼれた。そんな自分に驚く。これまでは他者を見下し、助手など単なる駒だと考えてきたが、彼は違った。仕事を託せるだけでなく、私生活でも支えになってくれる、希有《けう》な存在。こんな人間と出会えるとは。

彼の無防備な寝顔に惹《ひ》きつけられる。繊細なまつげ、整った鼻筋、そして柔らかそうな唇。子どものような、あどけなさ。

撫でたい。

突然、志波は強い衝動に駆られた。

手が勝手に動き、そっとハルトの髪に触れる。柔らかく、温かい感触が指先から全身に伝わり、胸の奥がきゅんとなる。

「んー……」ハルトが細い吐息を漏らした。

志波はハッとして、慌てて手を引く。己の行動が信じられなかった。さっきの衝動は、やはり、男への恋心だというのか？

背中にじっとりとした汗が浮かび、足もとが崩れるような不安感に囚《とら》われる。

ハルトが寝返りを打った。

志波は洗面所に逃げ込み、冷たい水で顔を洗う。しかし混乱は収まらない。鏡に映る自分の顔が、昨日までとは別人に感じる。

おれは、ハルトが好きなのか……？

自問自答しても、ただ疲れ切った男がそこに立っているだけだ。

……そうだ。

こういうときこそ、ソロキャンプだ。自己と向き合い、内省の時間を持つことがいまは必要だろう。

今日も休暇を取り、富士山麓《さんろく》に行こうと決めた矢先、眠たげな顔をしたハルトがやってきた。

「おはよー。体調はもう回復した？」

志波は鏡越しに返す。

「大丈夫だ」

「よかった。作業はやっといたから。確認してみて」

「ああ、わかった」と踵《きびす》を返したとき、ハルトはいきなり志波の額に手を当てた。

「あ、ほんと熱下がったね」

志波は反射的に顔を背けた。

「大丈夫だと言っただろう」

「じゃあ、今日は出勤するの？」

「出勤……というか、出張だ」

とっさに嘘を吐いた。彼にソロキャンプの計画を知られたくなかった。テントなどはトランクルームに保管してあるので、こっそり持ち出せる。寝袋は彼が使ってしまっているので、道中で新たに調達しなければならない。位置情報アプリはブロック済みだが、念のため、再チェックをする。

ハルトは不安そうに志波を見つめる。

「出張はきつくない？」

「クライアントが大阪に住んでいて、聞き取りに時間がかかる。守秘義務があるのでくわしくは言えないが、行き先が宇宙ではないだけマシだろう」

でっちあげの案件に、ハルトは納得した様子で頷《うなず》いた。

「ほんと大変だね。よし、元気が出る朝ごはんを作るよ」

ありがたい提案だが、いまは彼の手料理を受け入れる余裕はない。

「いや、いい。すぐに出る」

「あ、そうなんだ。りょーかい」

ハルトは少し残念そうにすると、志波と入れ替わるように洗面台に向かった。

寝室に戻った志波は、秘書に連絡を入れる。

「もう一日休む。諸々《もろもろ》の資料はあとで送信する」

「わかりました」

いつもどおりの淡泊な応対だ。ここで志波は、ハルトが探りを入れてきたときのために根回しをしておく。

「もし誰かから問い合わせがあったら、『大阪に出張中』と伝えておいてくれ」

「……承知しました」

微妙な間があった。彼女が怪しんでいるのは間違いない。なんせ彼女は、手作りのおにぎりを見ただけで、志波に恋人がいるという誇大妄想をした人間だ。これ以上、妙な噂を広められるとまずいと思い、志波は付け加える。

「本当はソロキャンプに行く」

「はい？」

「ソロ、キャンプだ」

釘《くぎ》を刺して電話を切った。

秘密裏にキャンプの準備を整えると、カモフラージュのためにスーツを纏《まと》い、堂々と玄関に向かう。すると、見送りにきたハルトが、鋭い眼差《まなざ》しを向けてきた。

「リョーくん、待って」

「何だ……？」

バレたのかと一瞬驚いたが、ハルトは志波のネクタイを指差した。

「ネクタイが曲がってる。珍しいね」

ハルトはネクタイを直し、にっこり笑った。出張の嘘は見破られていないようだ。

志波は安堵《あんど》し、若干の罪悪感を抱えて家を出た。


富士山麓へ向けて愛車を走らせ、寝袋と食料を買い揃え、キャンプ場に到着した。九月に訪れたときとは気候が一変していて、予想以上に寒い。他のキャンプ客はおらず、森閑としている。

志波はラフな服装に着替え、ひとりの時間を始める。

病み上がりで体力がなく、いつも以上に設営に苦労したあと、夕暮れ前に食事の準備に取りかかる。そして薪を並べるとき、手がはたと止まる。

「……空気の流れを考えるんだったな」

ハルトの教えどおりに、薪と新聞紙、小枝を丁寧に配置する。

いざ、着火。

すると、見事に小さな炎が生まれた。

「おおっ……」

灰が飛ばないように、そよそよとうちわで風を送る。

「こうだな」

「うん、いい感じ」

(なっ⁉)

背後から馴染《なじ》みのある声が聞こえた。怖々と振り向くと、バックパックを背負ったハルトが立っていた。

「な、なぜここに？　どうやって……」

衝撃のあまり、志波の指先が震えた。ハルトはスマホを見せびらかす。

「ネクタイを直したとき、スーツのポケットに超小型のGPS発信機《トラッカー》を入れた。変だと思ったから」

「君は……」

なぜ、こうやってずけずけと入り込んでくるのか。ひとりでじっくり考える時間も取れず、さすがに苛立《いらだ》ちを覚える。

ハルトは志波に一歩近づき、不機嫌そうに眉《まゆ》をひそめた。

「どうして出張なんて嘘を吐くの」

「ひとりになりたかったからだ」

「それにしても嘘はひどくない？　俺、看病して、仕事まで片づけたのに」

失望と悲しみが入り混じった顔で、ハルトは言った。それでも、志波は冷ややかに返す。

「看病も仕事も頼んでいない。帰ってくれ」

焚《た》き火に目を移し、うちわで扇《あお》ぎ、ハルトの存在を無視する。だが、ハルトはそこから動こうとせず、バックパックからおにぎりの入った包みを取り出した。

「せっかくだし、一緒に食べよ」

「私はソロキャンプがしたいんだ」

顔を背けて拒絶しても、ハルトはぐるりと回り込んできて、しつこく包みを眼前に差し出す。

「ほら、そんなこと言わないでよ。俺たち相棒じゃん」

ぽんと肩を叩《たた》かれた瞬間、志波の内側で何かが弾《はじ》けた。

「帰れと言ってるだろう！」

怒りに任せ、ハルトの手を払いのけた。包みは開き、おにぎりがふたつ、ころころと地面を転がった。そこまでするつもりはなかったのだが、志波は自分の感情を見失い、謝罪の言葉は出てこない。

ハルトはおにぎりを見つめて、わなわなと身を震わせる。

「ハァ、何すんだよ。せっかく作ったのに」

珍しく怒りをにじませるハルトに、志波は手に持ったままのうちわを突きつける。

「だいたい、君は私の何なんだ」

「何って」

「おれの心をこれ以上乱すな！」

怒声を浴びせられたハルトは顔をひきつらせた。志波の口からは不満が飛び出る。

「君とは仕事上の契約を結んだだけだ。プライベートまで入り込まないでくれ。君が盗撮した画像で脅迫したから泊めてやっているだけだ。勘違いするな」

「リョーくん――」

遮り、志波は刺すように告げる。

「いますぐここを去れ」

ハルトは沈痛な顔でうつむき、唇の端を歪《ゆが》めた。

気まずい沈黙が流れたあと、ハルトはハッと乾いた笑いをこぼした。

「ごめん。やっぱ、男は嫌なんだよな」

彼の瞳《ひとみ》は、枯れ葉のように虚《むな》しく、色褪《いろあ》せていた。

ハルトは髪をかき上げると志波に背中を向け、肩を落として去っていく。遠ざかる彼を、志波は呆然《ぼうぜん》と見送る。焚き火の炎はいつのまにか消えて、儚《はかな》げな煙が漂っていた。

夜になると、空は不意に涙をこぼし始めた。志波は夕食を摂《と》る気力もなく、寝袋に潜る。苛立っていたとはいえ、自制が利かなくなり、ひどいことをしてしまった。

雨音がテントを叩く音に包まれ、ひたすら後悔する。彼の悲しみに満ちた顔が、何度も浮かんでは消える。彼の言葉が、重い石のように胸に沈んでいく。

――やっぱ、男は嫌なんだよな。

そう言ったときの、かすかに震えていた指先や、哀しげな視線が、脳裏に焼き付いて離れない。

人生で初めて感じる、心が引き裂かれる痛みと、底知れぬ孤独感。この感情をどう受け止めればいいのか、どう向き合えばいいのか。受け入れる以外に道はないのか。志波はいつまでも答えを出せず、情けなくなる。裁判官に「お前はこうだ」と裁いてもらえたら、どんなに楽だろうか。

テントの外で、カサッと音がした。

志波は寝袋を出て、テントの入り口からそっと覗《のぞ》いた。

そこには誰もおらず、ビニール袋が風に舞っていた。地面に放置されたままのおにぎりが、冷たい雨に打たれていた。

【ハルト】


歌舞伎町に戻ったハルトは、アカネやユウとカラオケBOXで雨宿りしていた。

もやもやした気持ちと切なさをラブソングにのせて、ハルトは情感たっぷりに歌い上げる。曲が終わると、憂鬱《ゆううつ》なため息がこぼれ落ちた。

ユウが気にして訊《たず》ねる。

「ハル兄どうしたの？　なんか疲れてる？」

「んー？　熱唱しすぎたかな」

ハルトはタブレットで次の曲を探すふりをして、猛省する。

志波が出張という嘘を吐いたとき、裏切られた気持ちになり、追いかけてしまった。彼が抱える苦悩をもっと理解し、そっとしておくべきだった。それはわかっていたのに、自分の感情を制御できないほど、志波に本気になっていた。

ゲイバーの連中には、ただの遊びだと笑い飛ばしたが、いまは合わせる顔もない。今回ばかりはユウにも先輩面はできない。

氷が溶けて薄くなったコーラを飲んでいると、スマホが振動した。志波からの連絡かと期待したが、違った。以前シゴトで組んだ犯罪組織だった。

《生きてるか？　デカい案件がある》
　志波と契約して以来、彼らとは距離を置いてきた。とはいえ、もう志波との関係も終わろうとしている。
　アカネの脳天気な歌を聴きながら、ハルトは返事を考える。すると、さらにメッセージが連続で届く。
《お前の力が必要だ》《これから会って話せないか？》
　話を聞くくらいならいいだろう。ハルトは一万円札をテーブルに置く。
「これで払っといて。ちょっとシゴト」
　ぽかんとするふたりに手を振って、部屋を出た。

　雑居ビルの地下にある小部屋で、ハルトは犯罪計画の一端を聞いた。想像していたよりも遥《はる》かに大規模なものだった。

　いかついタトゥーの入った首謀者の男は、卑しい顔で煙草をくゆらせる。

「成功したら、ほとぼりが冷めるまで海外で暮らす。もしかしたら、そのまま日本には戻らねぇかもな」

「それなら、ある程度の報酬は欲しい」

　ハルトが強気で交渉すると、男は煙草のけむりをぷはぁと吐き出した。

「言い値でかまわねぇ。お前にはこれまで世話になってきたからよ」

「ありがと。ちなみに俺は前よりパワーアップしてるからね。弁護士のやり方も身につけた」

ハルトはそう前置きして、これまでの一〇〇倍の金額をふっかけた。すると男はニヤリとして頷《うなず》いた。「お前にはそれだけの価値はある」と。

話を終えて外に出ると、雨は激しさを増していた。

ハルトはスマホの位置情報アプリを開く。そして、志波のアカウントをしばらく見つめたあとに、削除した。他にも、志波とつながりのあるものは全部消す。裏社会に戻ることで、彼に迷惑をかけないために。

ばいばい、リョーくん。

口から漏れる白い息は、雨の街に溶けていく。まるで過去や記憶が消え去るように。

さて、今度はどこの誰になろうか。

6章　やさしい毒

【志波】

富士山麓《さんろく》から家に戻ると、ハルトの荷物はなくなり、物置部屋や洗面所も、彼が来る前の状態に戻っていた。カボチャのランタンは残されていて、彼にあげたハンカチがふわりとかけられていた。

位置情報アプリも、チャットアプリのアカウントも消えている。

彼そのものが、世界から失われてしまったようだ。

ランタンを点《つ》けると、ほのかな光が部屋を照らした。カボチャの彫刻を指でなぞり、灯《あか》りをぼんやりと眺めていると、一緒に作ったときの彼の手や、触れたときの温《ぬく》もり、そしてふたりで築いた日々の記憶が、走馬灯のように蘇《よみがえ》る。

「……前に戻っただけだ」

志波はつぶやき、ランタンの灯りを落とした。

そして、ハルトのいない日常が始まった。昔と同じはずなのに、どこかが違う。

事務所では、秘書にソロキャンプを強調したせいか、恋人疑惑がますます濃くなっている。だが、くだらぬ者は相手にせず、栄光への道を黙々と歩む。ハルトが帰らないのなら一〇一人目を探す必要があるが、いまはその気にはなれなかった。

法廷での戦略には、病床時にハルトが書き留めたアイデアを一割ほど参考にした。裁判中、無意識のうちに傍聴席に目を向け、彼の姿を探していた。当然、そこにはいなかった。

勝訴し、クライアントから感謝されても、なぜか他人事《ひとごと》に感じられた。胸に開いた巨大な穴から、あらゆるものがするすると抜け落ちるような空《むな》しさがつづいていた。

その夜、クライアントに連れていかれた高級料亭やラウンジでのひとときは、前にも増してつまらない。美しい女性たちからの賛辞や誘惑は薄ら寒く、孤独が広がるばかりだ。

何をしても満たされない。

三つ星の料理よりも、ハルトの梅干しおにぎりが食べたい。ラウンジでの華やかな夜よりも、家でハルトと酒を酌み交わす時間が懐かしい。

失って初めて、彼の存在がいかに大きかったのか理解した。男に惹《ひ》かれている自分を受け入れられず、向き合うことを避けたせいで、彼の心遣いを足蹴《あしげ》にした。なんという過ちを犯してしまったのだ。

ハルトが好きかどうかという問答に決着がついたわけではないが、とにかく非礼を詫《わ》びねばならない。

しかし、彼と連絡を取る手段はすべて断たれていた。

一瞬、絶望しかけたが、つながりはある。歌舞伎町の子どもたちなら居場所を知っているかもしれない。

決断したら、迅速に動くべし。

「申しわけありませんが、急用ができましたので、これで失礼させていただきます」

クライアントに頭を下げると、足早に店を出て、タクシーに飛び乗った。


歌舞伎町に着いた志波は、真夜中だというのに騒々しい表通りを抜けて、裏へ入る。寒風から身を守るように、ビルの陰に少年少女がたむろしていた。そのなかにアカネとユウを見つけて、声をかける。

「ハルトを見なかったか？」

アカネはすぐに志波を思い出したようだ。

「あ、カラ友のリョーくんだよね？　ハル兄ね、シゴトって言って連絡がつかなくなっちゃった」

志波は力が抜けた。

「そうか……」

アカネはユウに話しかける。

「そういえばあの日のハル兄、ちょっと変な感じだったよね?」。

「うん……。疲れてて、ため息を吐いてた」

その原因はおそらく自分だと、志波は後悔する。いまごろハルトは違法な行為に手を染めているのだろう。

「もう戻ってこないかもだよ」とアカネは言った。

志波はドキリとした。

「そうなのか?」

アカネは記憶をたどるように話す。

「これまでもシゴトでいなくなることあったけど、なんかフンイキ違った。遠くに行くかもって、みんなにお金を配ってたし」

「どこにいるか、わからないのか?」

「あたしは知らない」

ハルトについての収穫はなく、志波はとぼとぼと自宅へと向かう。すると、後ろからユウがひとりで追いかけてきて、呼び止められた。

「すいません。お兄さんってもしかして、ハル兄と住んでる人？」

「えっ」不意に言い当てられて、志波は少し驚いてしまった。

確信に満ちた口調でユウは言う。

「そうなんですね」

認めざるを得ず、志波は慎重に訊《たず》ねる。

「ハルトは、私のことを何か言っていたのか？」

「いえ、ゲイバーで噂を聞いただけです」

そういった場所での話題が想像もつかず、心が細波《さざなみ》立つ。

「私の噂とは、具体的にどんな話だ？」

「遊びで転がり込んで、家事をしたり、仕事を手伝ったりして、楽しんでるって」

「なるほど……」

「じつは、僕も一緒に調べものをしました。シタラックとか、FEテクノロジーとか。でも、あなたが何者なのかは、全然知りません。写真も見せてくれなかったから」

守秘義務は守っていたようだ。しかし、ハルトにとってはすべてが遊びだったのか？　去り際に見せた彼の悲痛な表情は、そうは思えなかったのだが……。

志波が考えていると、ユウはじろりと覗《のぞ》き込む。

「ハル兄とトラブったんですか？」

「まあ、ちょっとな……」

するとユウは少し迷った素振りを見せて、ためらいがちに言った。

「捜してるなら、どのへんにいるかは、わかります」

「本当か⁉」

「ハル兄にもらったこれで」と、ユウはスマホを見せた。

話を訊《き》くと、それは調査するときに使う飛ばし携帯だった。お互いに連絡を取りやすいように位置情報アプリが入っていて、機能はまだ生きているという。

「会うなら、貸します」

「助かる。かならず礼はする」

受け取ろうとすると、ユウは冷たい目つきで首を横に振った。

「僕はあなたを助けたいわけじゃない。揉《も》めてるなら解決してほしいだけ。ハル兄は僕の恩人だから、あの人を困らせるのは許せない。それに、あなたの調査を手伝ってるとき、ハル兄はすごく楽しそうだったから」

ユウは少し唇をとがらせて、志波にスマホを渡した。彼の思いがこもったその端末は、ずっしりと重く感じられた。

志波はアプリを頼りに、車を走らせる。目的地は品川埠頭《しながわふとう》の倉庫街。こんな夜更けに、ハルトはそこで何をしているのか。近づくにつれて、不安は大きくなる。

　午前五時、埠頭に到着し、志波は車を降りた。冷たい潮風が首筋を撫《な》で、海の香りが鼻を突く。

　月明かりと街灯にぼんやり照らされた暗がりのなか、あたりを注意深く見回しながら歩いていく。人の気配はなく、波の音だけが寂しげに響く。

　しばらく進むと、小型のクルーザーが目に入った。一隻だけ、窓から灯《あか》りが漏れている。志波は足音を立てないようにそっと近づく。船内ではガラの悪い輩《やから》たちが三人、談笑している。そしてもうひとり、見覚えのある大柄な男がいた――ハルトだ。

　乗り込むべきか、迷う。相手は裏社会の住人だ。声をかけたところで、ハルトが自分とともに帰ってくれるという保証はない。いや、それどころかハルトにはすでに嫌われていて、彼が相手方に加担する可能性すらある。そうなれば捕らえられ、最悪の事態になるかもしれない。

　だが、ここで引き返せば、一生後悔するだろう。どうやら、すっかり毒が回ってしまったようだ。

　決心した志波は深く息を吸い込むと、慎重にクルーザーの甲板に乗り、ゆっくりと船室の扉を開ける。すぐさま輩は気づき、鋭い眼光を向けた。ハルトはわずかに驚いた様子で、眉間に皺《しわ》を寄せる。船内のテーブルには飲食物に煙草、トランプや一万円札が散らばっている。賭博《とばく》でもしていたのだろうか。

志波は恐れずに踏み入り、堂々とハルトに声をかける。

「何やってるんだ、帰るぞ」

こちらに来いと手招きをしたとき、背後でギシッと床がきしんだ。

「誰だ？」

振り向くと、顔にタトゥーを施した男が立っていた。志波は身体が緊張で固まるものの、すぐに冷静さを取り戻し、交渉の言葉を投げかける。

「彼を返してもらおう」

「はぁ？」

タトゥーの男はドスの利いた声で威圧し、志波を船内に押し込む。それにも志波は動じることなく、強気に出る。

「彼は私のパートナーだ」

「事情がわからねぇな」と、タトゥーの男は不審げにハルトへ視線を投げる。ハルトは無表情で志波をじっと見つめる。彼が何を思っているのか、まったく読み取れない。

輩たちが志波を睨《にら》みすえるも、臆《おく》すことなく、ハルトに手を差し伸べる。

「来い。君の居場所はここじゃない」

切に訴えるが、ハルトは動こうとしない。もしかしたら迎えに来たことに呆《あき》れているのかもしれない。

しびれを切らしたように、金髪の男が志波に詰め寄ってきた。

「誰だよテメェ」

しかし志波はハルトだけを見て、手を差し伸べつづける。すると、ようやくハルトがゆっくりと口を開いた。

「あんたは、俺のパートナーだって言うの？」

小首をかしげるハルトに、志波はしっかりと頷《うなず》く。

「そうだ。契約をしただろう。私の同意なしには破棄できない。忘れたか？」

「あー、そうだっけ？」

ハルトの唇から不敵な笑みがこぼれ、場の空気がいっそう張り詰めた。彼の心はもう離れてしまったのか。

金髪は志波を顎《あご》で指す。

「ボス、こいつどうします？　途中まで連れてって、海に落としますか」

「いや、売れるかもしれねぇ。とりあえず縛って、猿ぐつわを噛《か》ませとけ」

引き際か。振り向きざまに全力でタトゥーの男に体当たりすれば、船の外には出られるだろうか。覚悟を決めた瞬間。

「ねえ、お兄さん」

ハルトがつかつかと志波に近づき、胸もとに手を伸ばしてきた。そして志波の胸ポケットから一枚のトランプを取り出し、挑戦的な顔つきで裏を向けた。

「当てて」

「ハートのエースだ」

志波が即答すると、ハルトはニッと口角を上げ、指を鳴らしてトランプを消した。

「何の余興だ」と金髪の男がロープを手に取り、志波に向かってくる。するとハルトは志波に身体を重ねて、金髪の進路を遮った。

「悪い。俺やっぱ降りる」

タトゥーの男はぎょろりとした目でハルトを射貫《いぬ》く。

「それはないだろ？」

「話を聞いただけで、まだやるとは言ってなかったでしょ」

「舐《な》めんなよ。おい、ハルトも一緒に縛っとけ」

タトゥーの男に命じられた金髪は、苦痛にうめいて崩れ落ちた。ハルトが瞬時に金髪の腹部を拳《こぶし》で打ち据えたのだ。

「てめぇ！」

襲いかかってくる輩たちの顔に向けて、ハルトはどこからか取り出した大量のトランプをバサッと投げつけ、動きを止めた。同時に志波は、扉口を塞《ふさ》いでいるタトゥーの男に体当たりを食らわす。

「うぐっ！」

タトゥーの男を突き飛ばし、志波とハルトは船から駆け出る。息を切らせて車に飛び乗り、一目散に埠頭を後にした。


しばらく経っても輩が追いかけてくる気配はなく、志波はほっと息をついた。助手席のハルトは、半ば呆れたように、半ば感心したように言う。

「まさか乗り込んでくるとは思わなかった」

「本当は話し合いで解決したかったんだがな。過失傷害だ」

志波は軽口を叩《たた》いたが、思い出すだけで背中に汗がにじむ。

「でも、どうして来たの」とハルトは不思議そうに訊《たず》ねた。

「謝りたかったんだ。君の作ったおにぎりを泥まみれにしただろう」

志波が真摯《しんし》に気持ちを伝えると、ハルトは軽く首を振って、反論する。

「あれはキャンプ場まで押しかけた俺が悪い」

「違う。私が出張などと嘘を吐かずに、看病や作業の礼をすべきだった」

「いいの。それは俺がやりたかっただけだから」

「よくはない」

「いいってんでしょ。素直に受け止めなよ」

「それは君だろう」

志波が反発すると、ハルトは声を大きくする。

「俺は素直だっての！　ひねくれもの！」

「いいから口を閉じろ」

「あぁ、もう！　俺降りる！」

いきなりハルトがドアを開けた。

「馬鹿ッ！」

志波は慌ててブレーキを踏み、車を急停止させた。さっさと外に出たハルトを志波は追いかける。

薄紫色に染まり始めた明け方の空の下、暗くよどんだ運河を背にして、ハルトが頬を膨らませて立っていた。

「さっきはウマが合うと思ったけど、やっぱないわ」

志波は思いっきりため息を吐く。

「ハァー。こっちこそ、窃盗犯などお断りだ」

「じゃあ契約破棄しなよ」

「君が違約金を払えばいいだろう」

「いくら」

「一〇億だ」

「一〇億ぅ？」

売り言葉に買い言葉で、志波は馬鹿げた金額を口にした。いや、実際、そのくらいの価値を彼に感じていたのかもしれない。

「契約書には、状況により金額は変動すると書いてある」

「でも一〇億って」

「損害賠償も加えた額だ。払えないのか？」

わずかな沈黙のあと、ふたりしてフッと吹き出してしまった。ぴりついた空気が和らぎ、ハルトは両手を大きく広げて伸びをする。

「あーあ、リョーくんのせいで、デカいシゴトがダメになっちゃったじゃんか」

「あんな連中と付き合う必要はない」

「それって、あんたのパートナーだから？」

「悪くはないだろう」

志波は肩をすくめた。するとハルトはうれしそうに、志波の胸を軽くトンと突く。

「リョーくんのいいところ、またひとつ見っけ」

「何がだ？」

「とにかく、責任は取ってもらうよ」

そう言うと、ハルトは志波に顔を寄せ、そっと軽い口づけをした。それはあまりにも突然で、志波は打ち震える。

「な、なにを……!?」

ハルトはニッと微笑む。

「契約の証《あかし》し。俺たち、パートナー、なんでしょ？」

「そうだが――」

言い終わる前に、ハルトは志波の背中に手を回し、ぐいっと抱き寄せた。声を上げるまもなく、彼の唇に口を塞がれる。唇の温《ぬく》もりと柔らかさが、心を切なく、強く揺すぶる。どくんどくんと鼓動が響き、全身が熱くなる。とけるような心地よさと、永遠に感じられるほどの時間の果てに、ハルトは唇を離した。

「あ……」

志波は恥ずかしさと幸福感に満たされ、感情が飽和する。言葉を紡ぎ出せずにいると、ハルトはぽんと志波の頭を撫《な》でた。

「正直、あんたって傲慢《ごうまん》で自己中だし、人から好かれる要素なんて全然ないし、性格悪いと思うんだけど」

「そ、そんなことは重々承知だ。だからこそ、不思議でならない……」

志波は少しの屈辱を感じつつ首をひねる。と、ハルトは困ったように頭を掻《か》く。

「わかんないのは俺も同じだよ。でも、確かなことが、ひとつある」

ハルトは顔を引き締め、真剣な眼差《まなざ》しを志波に向ける。

「俺は、志波令真が好きだ」

真っ直ぐな告白に、志波は胸の奥をガツンと打たれる。どう返したらいいのか、湧き上がるさまざまな気持ちを整理して、一生懸命に伝える。

「私は、いまだに自分がわからない。ただ、どういうわけか君を失いたくないと思った。君のことになると冷静でなくなってしまう。これは君に対して、性別を超えた魅力を感じている証拠なのだろう。そこから判断するに――」

「ストップ！」

ハルトは呆《あき》れたように制した。

「証拠だの判断だの、ここは法廷じゃないんだから。ひとことで言って」

「ひとことで……」

これまでの人生では、他者とのあいだに壁を作り、損得勘定だけで人付き合いをしてきた。ところが、彼に対しては、それだけでは割り切れない感情を抱くようになった。

彼と過ごすうちに、勝利や成功では得られない充実感を知り、世界に鮮やかな彩りが生まれた。恋愛など無駄なものだという考えを打ち砕いてくれた。男や女など関係ない。彼が特別なのだ。この気持ちをひとことで表すならば――

「恋だ」

「こい？」

「私は、君に恋をした」

すべての思いを込めて言い切った。するとハルトはアハハと腹を抱えて笑う。志波は自分が何か変なことを言ってしまったのかと動揺する。

「な、何がおかしい！」

「ごめんごめん！　真顔で言うから。でも、そういうとこ好き。中学生みたい」

「人をなんだと……」

ハルトは志波の肩に手を回し、抱き寄せて頰と頰をくっつける。

「ね、もう一回言ってよ」

「言うか！」

額に汗を浮かべる志波とは対照的に、ハルトは涼しい顔をしている。

「ねえ、寒いし、早く帰ろうよ」

ハルトは白い息をなびかせて車に向かい、大きな身体を折り曲げて助手席に乗り込んだ。

志波は彼の姿を追ううちに、ふと、唇がほのかな熱を帯びていることに気がついた。指先で触ると、口づけの柔らかな感触がよみがえる。

「いいものだな……」

ぼそりとつぶやき、車に向かった。そして運転席に腰を下ろすと、ハルトが朗らかに話しかけてきた。

「リョーくん、朝ごはん、何が食べたい？」

「君が作るものなら、何でもいい」

志波はそっけなく答えた。しかしその声色は、以前の自分なら考えられないほど温かなものだった。

「食事もいいが、調査も手伝ってもらうぞ。君がいないあいだに、面倒な案件が舞い込んだ」

「了解、任せて」

お互いに自然に手を差し出し、しっかりと握り交わした。

志波はメガネをかけ直し、ハンドルに手を置く。

さて、帰るとしよう。ふたりで暮らしていく、あの家に。

（以下、下巻）

【法律監修】片岡朋行（弁護士／ヴァスコ・ダ・ガマ法律会計事務所）

【参考図書】

『企業法務の常識――二〇〇のチェックポイント』大矢息生　税務経理協会　１９９４年
『民事裁判入門　裁判官は何を見ているのか』瀬木比呂志　講談社現代新書　２０１９年
『弁護士が勝つために考えていること』木山泰嗣　星海社新書　２０１４年
『若手法律家のための民事尋問戦略』中村真　学陽書房　２０１９年
『無罪事例集　第一集』日本弁護士連合会刑事弁護センター編　日本評論社　１９９２年
『Ｌａｗより証拠　ある「証拠調査士」の事件簿』平塚俊樹　総合法令出版　２００８年
『小説で読む民事訴訟法　基礎からわかる民事訴訟法の手引き』木山泰嗣　法学書院　２００８年
『刑事弁護人』亀石倫子　新田匡央　講談社現代新書　２０１９年
『違法捜査と冤罪　捜査官！その行為は違法です。』木谷明　日本評論社　２０２１年
『Ｚ世代のネオホームレス　自らの意思で家に帰らない子どもたち』青柳貴哉　ＫＡＤＯＫＡＷＡ　２０２３年

本書は書き下ろしです。

毒《どく》恋《こい》

～毒《どく》もすぎれば恋《こい》となる～　上

牧《まき》野《の》圭《けい》祐《すけ》

令和６年 ７月25日　初版発行

発行者●山下直久

発行●株式会社KADOKAWA
〒102-8177　東京都千代田区富士見2-13-3
電話　0570-002-301（ナビダイヤル）

角川文庫 24238

印刷所●株式会社暁印刷
製本所●本間製本株式会社

表紙画●和田三造

●お問い合わせ
https://www.kadokawa.co.jp/（「お問い合わせ」へお進みください）
※内容によっては、お答えできない場合があります。
※サポートは日本国内のみとさせていただきます。
※Japanese text only

ISBN 978-4-04-115141-9　C0193

000

角川文庫発刊に際して

角川源義

第二次世界大戦の敗北は、軍事力の敗北であった以上に、私たちの若い文化力の敗退であった。私たちの文化が戦争に対して如何に無力であり、単なるあだ花に過ぎなかったかを、私たちは身を以て体験し痛感した。西洋近代文化の摂取にとって、明治以後八十年の歳月は決して短かすぎたとは言えない。にもかかわらず、近代文化の伝統を確立し、自由な批判と柔軟な良識に富む文化層として自らを形成することに私たちは失敗して来た。そしてこれは、各層への文化の普及滲透を任務とする出版人の責任でもあった。

一九四五年以来、私たちは再び振出しに戻り、第一歩から踏み出すことを余儀なくされた。これは大きな不幸ではあるが、反面、これまでの混沌・未熟・歪曲の中にあった我が国の文化に秩序と確たる基礎を齎らすためには絶好の機会でもある。角川書店は、このような祖国の文化的危機にあたり、微力をも顧みず再建の礎石たるべき抱負と決意とをもって出発したが、ここに創立以来の念願を果すべく角川文庫を発刊する。これまで刊行されたあらゆる全集叢書文庫類の長所と短所とを検討し、古今東西の不朽の典籍を、良心的編集のもとに、廉価に、そして書架にふさわしい美本として、多くのひとびとに提供しようとする。しかし私たちは徒らに百科全書的な知識のジレッタントを作ることを目的とせず、あくまで祖国の文化に秩序と再建への道を示し、この文庫を角川書店の栄ある事業として、今後永久に継続発展せしめ、学芸と教養との殿堂として大成せんことを期したい。多くの読書子の愛情ある忠言と支持とによって、この希望と抱負とを完遂せしめられんことを願う。

一九四九年五月三日